Art et Société
au Moyen Age

AUX MÊMES ÉDITIONS

Ouvrages sous la direction
de Georges Duby

(avec Armand Wallon)
Histoire de la France rurale
(4 volumes sous coffret)
coll. « L'Univers historique », 1975-1977
coll. « Points Histoire », 1992

Histoire de la France urbaine
(5 volumes sous coffret)
coll. « L'Univers historique », 1980-1985

(avec Philippe Ariès)
Histoire de la vie privée
(5 volumes sous coffret)
coll. « L'Univers historique », 1985-1987

(avec Michel Laclotte)
L'Histoire artistique de l'Europe
(5 volumes)
1995, 3 volumes en cours de publication

Georges Duby

Art et Société
au Moyen Age

Éditions du Seuil

COLLECTION « POINTS HISTOIRE »
FONDÉE PAR MICHEL WINOCK
DIRIGÉE PAR RICHARD FIGUIER

Le texte de Georges Duby
est extrait du premier volume :
Le Moyen Age
de la série :
HISTOIRE ARTISTIQUE DE L'EUROPE
sous la direction de Georges Duby et Michel Laclotte

ISBN 2-02-031607-2
(ISBN 1ère publication, série : 2-02-013222-2 ;
volume : 2-02-017384-0)

© Editions du Seuil, octobre 1995, octobre 1997,
pour la composition du volume

Le Code de la propriété intellectuelle interdit les copies ou reproductions destinées à une utilisation collective. Toute représentation ou reproduction intégrale ou partielle faite par quelque procédé que ce soit, sans le consentement de l'auteur ou de ses ayants cause, est illicite et constitue une contrefaçon sanctionnée par les articles L. 335-2 et suivants du Code de la propriété intellectuelle.

Au cours des dix siècles dont il est question dans ce livre, l'Europe a pris forme. Elle s'est fortifiée, elle s'est enrichie, et ce fut alors que naquit et s'épanouit un art proprement européen. Nous admirons ce qu'il en reste. Toutefois, nous ne considérons pas ces formes du même regard que ceux qui les premiers les virent. Pour nous, ce sont des œuvres d'art, et nous n'en attendons, comme de celles qui sont créées de notre temps, qu'une délectation esthétique. Pour eux, ces monuments, ces objets, ces images étaient en premier lieu fonctionnels. Ils servaient. Dans une société fortement hiérarchisée, qui attribuait à l'invisible autant de réalité et davantage de puissance qu'au visible et qui n'imaginait pas que la mort mît un terme au destin individuel, ils remplissaient trois fonctions principales.

La plupart étaient des présents offerts à Dieu pour le louer, lui rendre grâce, pour obtenir en contrepartie de ce don son indulgence et ses faveurs. Ou bien offerts aux saints protecteurs, aux défunts. L'essentiel de la création artistique s'est en ce temps développé autour de l'autel, de l'oratoire, du tombeau. Cette fonction de sacrifice justifiait que l'on consacrât à parer ces lieux d'une large part des richesses produites par le travail des hommes. Personne n'en doutait, pas même ces chrétiens qui se dépouillaient eux-mêmes entièrement pour vivre dans la pauvreté des disciples de Jésus : François d'Assise affirmait que les églises devaient être précieusement ornées puisqu'elles abritaient le corps du Christ; il les voulait glorieuses, parées. De cette fonction de sacrifice émane donc ce qui nous touche aujourd'hui dans ces formes, leur beauté. Rien, en effet, ne paraissait assez beau pour être placé sous le regard du Tout-Puissant. Dans le dessein de lui plaire, il convenait d'employer les matériaux les plus purs, les plus somptueux, et d'appliquer à les façonner le meilleur de l'intelligence, de la sensibilité et de l'habileté humaines.

Pour la plupart aussi, ces monuments, ces objets, ces images ont servi de médiateurs, favorisant les communications avec l'autre monde. De l'autre monde ils voulaient être un reflet, une approche. Ils entendaient le rendre présent ici-bas, visible, qu'il s'agît de la personne du Christ, de celle des anges, ou de la Jérusalem céleste. Ils étaient là pour établir le déroulement des liturgies en correspondance plus étroite avec les perfections de l'au-delà, pour aider les savants à discerner sous le voile des apparences les intentions divines, pour guider la méditation des dévots, pour conduire leur esprit *per visibilia ad invisibilia*, comme dit saint Paul. Condescendants, les hommes d'études leur attribuaient, en outre, une fonction de pédagogie plus vulgaire. Ils les chargeaient de montrer aux illettrés ce que ceux-ci devaient croire. En 1025, le synode d'Arras autorisait de peindre des images pour l'enseignement des ignorants. Cent ans plus tard, Bernard de Clairvaux (qui pourtant n'était pas un visuel : il invitait ses frères à se tenir plutôt, dans les ténèbres de la nuit, à l'écoute de l'inconnaissable : « Pourquoi nous efforcer de voir ? Il faut tendre l'oreille ») enjoignait aux évêques d'« exciter par des images sensibles la dévotion charnelle du peuple lorsqu'ils ne peuvent le faire par des images spirituelles ».

Enfin – et cette troisième fonction rejoignait la première –, l'œuvre d'art était affirmation de puissance. Elle célébrait le pouvoir de Dieu, elle célébrait celui de ses serviteurs, celui des chefs de guerre, celui des riches. Ce pouvoir, elle le rehaussait. En même temps qu'elle le donnait à voir, elle le justifiait. C'est pourquoi les puissants de ce monde consacraient à leur propre gloire ce qu'ils ne sacrifiaient pas à la gloire de Dieu, soucieux de dresser autour de leur personne un décor qui les distinguât du commun et commandant d'élaborer de ces beaux objets qu'ils distribuaient magnifiquement autour d'eux en signe de leur opulence et pour s'attacher des fidèles. C'est pourquoi, dans ses formes majeures, la création artistique, à cette époque comme en tout temps, s'est développée dans les lieux où se concentraient le pouvoir et les profits du pouvoir.

De ce que l'œuvre d'art était d'abord un objet utile, il résulte que cette société, jusqu'aux approches du xve siècle, confondait l'artiste et l'artisan. Elle voyait dans l'un comme dans l'autre le simple exécutant d'une commande et qui recevait d'un « maître », prêtre ou prince, le projet de l'ouvrage. L'autorité ecclésiastique répétait que ce n'était pas aux peintres d'inventer des images ; l'Église les avait construites et transmises ; aux peintres incombait seulement de mettre en œuvre l'*ars*, c'est-à-dire les procédés techniques qui permettent de les fabriquer correctement ; les prélats, quant à eux, décidaient de leur « ordonnance », c'est-à-dire du thème, des figures et de leur disposition.

Cependant, durant ce millénaire, les choses dans l'Europe naissante n'ont cessé de changer, et à certains moments aussi vite qu'elles le font aujourd'hui. Affectant les relations de société et les diverses composantes de la formation culturelle, ces changements ont modifié les conditions de la création artistique. Les nœuds du pouvoir se sont déplacés, et tandis que refluait peu à peu la « pensée sauvage », tandis que se restreignait l'influence des gens d'Église, l'emprise de la troisième des fonctions de l'œuvre d'art s'accentua. C'est pourquoi, dans l'esprit des contemporains, s'élargit insensiblement la place de ce qui, dans l'édifice, l'objet, l'image n'est pas fonctionnel mais procure simplement de la jouissance.

Évidemment, dans les pages qui suivent, il n'est pas question d'expliquer l'évolution des formes artistiques par celle des structures matérielles et culturelles de la société. L'intention est de les mettre en parallèle, afin d'aider à les mieux comprendre l'une et l'autre.

V^e-Xe siècle

La tradition situe au Ve siècle le passage de l'Antiquité au Moyen Âge. À ce moment l'Europe n'existe pas. À peu près tout ce que l'historien est en état de connaître s'ordonne encore autour de la Méditerranée, dans le cadre de l'Empire romain. Toutefois, en marche de longue date, un mouvement tend à désarticuler ce cadre. Il écarte progressivement de sa partie latine la partie grecque. À l'Est, se trouvent en effet toute la vitalité, la richesse, la force, et la civilisation antique poursuit ici sans rupture son histoire. Alors qu'elle se désagrège à l'Ouest, depuis toujours en position de faiblesse, et dont les migrations de peuples germaniques précipitent le délabrement. De ce côté, le désordre s'installe pour trois siècles durant lesquels se sont mêlés les ingrédients d'une civilisation nouvelle. D'un art nouveau.

L'Occident est lui-même constitué de deux parts. L'une, au Sud, est romanisée. Plus ou moins, et dans les provinces où l'empreinte de la romanité était légère, ressurgissent les usages indigènes qu'avait étouffés la colonisation impériale. Cependant, partout des cités demeurent. Elles sont certes de moins en moins nombreuses à mesure que l'on s'éloigne de la Méditerranée, mais un réseau de voies indestructibles les relie d'un bout à l'autre de l'Empire en une étroite communauté de culture. Ces villes se dépeuplent. Les dirigeants peu à peu s'en détachent, vont s'installer dans leurs demeures de campagne. Elles restent pourtant vivantes, imposantes, avec leurs murailles, leurs portes solennelles, leurs monuments de pierre, les statues, les fontaines, les thermes, l'amphithéâtre, le forum où l'on traite des affaires publiques, les écoles où sont formés les orateurs, les colonies de trafiquants orientaux qui manient la monnaie d'or, savent encore procurer le papyrus, les épices, les parures importés d'Orient, et, dans les vastes nécropoles qui s'étendent hors les murs, les mausolées, les sarcophages des riches recouverts de sculptures. Toutes ces cités sont tournées vers Rome, leur modèle. Rome, la ville immense, postée sur la limite même qui sépare la latinité de l'hellénisme, Rome en grande partie hellénisée, mais fière de sa grandeur passée et qui, prenant appui sur cette mémoire, sur le souvenir de saint Pierre, de saint Paul, de tous les martyrs dont elle abrite les sépultures, lutte de toutes ses forces pour contenir les empiétements de la nouvelle Rome, Constantinople.

Au Nord, à l'Ouest, parmi les landes et les forêts où les légions n'ont jamais pénétré, vivent les tribus « barbares ». Ces populations clairsemées, à demi nomades, de chasseurs, d'éleveurs de porcs et de guerriers ont de tout autres coutumes, de tout autres croyances. Leur art aussi est différent : ce n'est pas l'art de la pierre mais du métal, de la verroterie, de la broderie. Point de monuments, des objets que l'on emporte, les armes, et ces bijoux, ces amulettes dont les chefs se parent durant leur vie et que l'on dépose près de leurs corps dans la tombe. Point de relief, la ciselure. Un décor abstrait, des signes magiques entrelacés où s'insèrent parfois les formes stylisées de l'animal et de la figure humaine. Certains de ces peuples, pour avoir côtoyé au cours de leurs déplacements les territoires hellénisés, ont reçu l'Évangile. Ce sont eux qui, les premiers, conduits par leurs rois, se sont engouffrés dans l'Empire d'Occident, s'emparant du pouvoir. D'autres peuples les suivent, ceux-ci païens et qui, au cours de leur progression par-delà les anciennes frontières, effacent dans les territoires qu'ils occupent les traces trop discrètes de la présence de Rome. On peut distinguer jusqu'où la culture « barbare » l'emporta en ces temps troublés sur la culture romaine et la submergea : la ligne nette qui court, étrangement stable, à travers l'Europe d'aujourd'hui entre l'aire des parlers romans et celle des autres dialectes marque les bornes de cette avancée.

Ces deux cultures pesaient d'un poids inégal. De beaucoup la plus robuste, celle du Sud fut encore revigorée au VIe siècle par les entreprises menées depuis l'Orient par l'empereur Justinien. Celui-ci parvint à refouler un moment les monarchies germaniques. Ses troupes occupèrent de nouveau l'Italie. Dans Rome, le long de l'Adriatique, à Ravenne, s'élevèrent en signe de victoire, emblèmes d'une reconquête culturelle, des édifices majestueux présentant au regard ce que devenait alors l'art antique sous l'influence de la pensée plotinienne et d'une spiritualité qui, refusant l'ombre comme l'une des manifestations de la matière, condamnait la profondeur et, par conséquent, la ronde-bosse, invitait à aplatir les images dans le miroitement des mosaïques. Cette greffe intervint au bon moment. Sans elle, sans la présence des formes qui furent alors implantées sur les franges orientales de la latinité, les traditions classiques auraient-elles aussi fermement résisté à l'érosion ?

Les guerres cependant avaient aussi causé de grands dommages, et deux accidents vinrent affaiblir la culture du Sud face à celle des « Barbares ». La peste d'abord, qui sévit brutalement pendant la seconde moitié du VIe siècle et reflamba périodiquement par secousses jusqu'au milieu du VIIIe siècle. Se propageant le long des rivages et des routes, l'épidémie affecta principalement les cités, c'est-à-dire les points d'ancrage des traditions antiques. Alors qu'elle épargnait les campagnes et, totalement, semble-t-il, le nord de la Gaule et la Germanie. D'autre part, une large portion des contrées méridionales passa sous l'emprise de la civilisation islamique. Les musulmans étendirent leur domination sur le Maghreb, presque toute la péninsule Ibérique, la Narbonnaise ; les liaisons maritimes avec l'Orient s'interrompirent ; après 670, le papyrus ne parvient plus dans les ports de Provence. La peste et les conquêtes arabes se conjuguèrent pour esquisser la forme de la future Europe en transférant dans l'épaisseur du continent les points forts du pouvoir politique et vers les rives de la mer du Nord les courants d'échanges les plus actifs. Ce transfert même précipita l'étiolement des cités romaines d'Occident ; les rejetons des grandes familles sénatoriales rejoignirent dans l'entourage des rois les chefs des bandes barbares ; la puissance de cette aristocratie mêlée s'appesantit sur le peuple paysan et, dans un monde ruralisé, accentua l'ascendant des manières germaniques de penser, de se conduire, de traiter l'image.

La culture romaine conservait cependant ses prestiges. Elle fascinait les envahisseurs. C'était pour se hausser au niveau de cette culture, pour participer à cette sorte de bonheur qu'ils croyaient partagé par les citoyens romains, que les Germains avaient franchi les frontières, que leurs chefs, devenus maîtres du pouvoir, se paraient volontiers du titre consulaire, qu'ils résidaient dans les cités, qu'ils favorisaient comme Théodoric la floraison des lettres latines, qu'ils se plongeaient avec leurs compagnons, comme Clovis, dans les eaux du baptême. Ils n'avaient qu'un désir, s'intégrer. Pour s'intégrer vraiment, il fallait se faire chrétien.

En effet, ce qui subsistait de plus vivace de la culture romaine – et de l'art antique – se trouvait conservé au sein de l'Église chrétienne, de l'Église latine, celle qui n'avait pas glissé dans les déviations hérétiques et qui vénérait dans l'évêque de Rome le successeur de saint Pierre. Lorsque, au seuil du IVe siècle, par décision de l'empereur Constantin, l'Église avait cessé d'être une secte clandestine, suspecte et de loin en loin persécutée, quand elle était devenue une institution officielle de l'Empire, elle s'était aussitôt coulée en position dominante dans les cadres du pouvoir établi, calquant sa hiérarchie sur celle de l'administration impériale. Dans chaque cité, l'évêque assuma désormais l'essentiel des responsabilités civiques, dressant ses propres armes, intellectuelles et spirituelles, face à celles des hommes de guerre. Triomphante, l'Église s'était approprié tout l'héritage culturel de l'ancienne Rome. Elle s'était annexé l'école, l'essentiel du système d'éducation mis au point pour préparer l'élite citadine à l'usage de la parole publique. Elle s'appliquait à protéger tant bien que mal de la contagion des parlers rustiques le bon latin, celui que saint Jérôme employait pour traduire la Bible. Comme les magistrats evergètes dont ils avaient pris la place, les évêques, qui longtemps sortirent tous des grandes familles romaines, s'employaient par la pompe des liturgies, par la musique et par les arts visuels, à rehausser la gloire de leur cité et celle de leur magistère.

Poursuivant l'œuvre de magnificence inaugurée aux temps constantiniens, quand l'empereur avait ordonné de dresser un somptueux décor monumental pour les cérémonies d'un culte dont il était devenu l'adepte et qu'il soutenait dans son propre intérêt politique, les évêques bâtissaient. Ils agrandissaient les édifices déjà en place, ils en construisaient de nouveaux, parfois sur le forum même, sur l'emplacement des temples des faux dieux, réemployant les éléments de leurs structures, en pleine fidélité aux traditions classiques. Sur le modèle des salles où les magistrats disaient le droit au nom du souverain, ils construisaient des basiliques, longues nefs, flanquées de promenoirs latéraux, aboutissant à l'abside où se tenait le siège épiscopal. Sur le modèle des monuments funéraires, tel celui que Constantin avait fait élever à Jérusalem pour abriter le Saint-Sépulcre, ils bâtissaient des baptistères sur plan central, autour de l'octogone de la piscine, symbole d'une transition du terrestre vers le céleste, du matériel vers le spirituel. Les prélats prenaient un soin particulier d'orner ces lieux de la conversion, de la reproduction périodique d'une société nouvelle, ces lieux de l'intégration. Le baptistère était en effet l'emblème éclatant de la victoire du christianisme.

Par nature, les religions monothéistes sont iconophobes : le Dieu unique ne se figure pas. Sa présence se marque par des signes. Monothéiste, le christianisme devait, en outre, lutter d'arrache-pied pour déraciner les religions rivales ; les évêques du haut Moyen Âge, qui brisaient les effigies des anciens dieux, se méfiaient des statues. Enfin, la culture « barbare », gagnant sans cesse du terrain, refusait, elle aussi, la figuration. La grande sculpture monumentale s'effaça donc, et pour des siècles. Pourtant, sur les monuments qu'ils édifiaient, les dirigeants de l'Église chrétienne plaçaient des figures d'hommes et de femmes. En effet, pas plus que l'Empire auquel elle s'était substituée, l'institution ecclésiastique ne pouvait se passer de manifester sa puissance aux foules qu'elle entendait se soumettre et de la leur montrer par des images persuasives. Elle devait aussi répandre sa doctrine. Or, le pape Grégoire le Grand, à l'orée du VIIe siècle, en était convaincu, ce que l'on enseigne aux lettrés par le texte s'enseigne à ceux qui ne savent pas lire par l'image. Enfin et surtout, le Dieu des chrétiens s'est fait homme, il a pris un corps d'homme, un visage d'homme. Il est donc possible de le représenter. Son image devient dès lors médiatrice comme l'est lui-même le Dieu incarné. Ce signe qu'est l'image devient, au sens premier de ce terme, un « sacrement », un moyen de liaison entre la personne divine et la personne humaine. Voici pourquoi, comme la rhétorique et l'architecture de pierre, l'art figuratif de l'Antiquité méditerranéenne survécut en Occident. Mais il tendit à se retirer dans la proximité des tombeaux. C'est du moins ce qu'il nous semble : la plus grande part de l'art du haut Moyen Âge a disparu ; l'impression sépulcrale que suscite ce qu'il en reste ne tient-elle pas à ce que presque tous ces vestiges ont été exhumés par l'archéologie ? Un fait est sûr en tout cas : la culture des cités romaines dans sa récente évolution, les cultures indigènes de substrat et les cultures barbares d'importation ne se rejoignaient nulle part plus étroitement que dans le culte des morts, et de ces morts particuliers, les saints. De ces héros du christianisme conquérant, qui continuaient de vivre dans l'autre monde, les restes reposaient sur cette terre. Par leurs reliques, ils pouvaient être approchés, servis, contraints par ce service même d'aider leurs dévoués, d'intercéder en leur faveur. Le sacré et la ferveur trouvaient meilleur accueil dans les hypogées que parmi les architectures froides des basiliques, et ce fut là que, par prédilection, s'installèrent les *imagines*, c'est-à-dire des spectres, les représentations fantomatiques des puissances tutélaires. En ces lieux s'observe aussi l'implacable retrait de la figuration illusionniste. Il fut hâté par le déplacement des lieux de pouvoir vers le Nord, loin des sources méditerranéennes, et par les progrès de l'évangélisation au-delà des anciennes limites de l'Empire.

Dès le milieu du Ve siècle, le christianisme avait pénétré en Irlande. Cent cinquante ans plus tard, Grégoire le Grand s'appliquait à convertir l'Angleterre.

L'initiative pontificale établit à travers le continent, entre la Grande-Bretagne et Rome, une liaison qui fut l'un des axes majeurs de la construction européenne. Dans les îles où tout s'était effacé de la culture romaine, les évangélisateurs l'implantèrent de nouveau. Ils arrivaient avec des livres. Ces livres étaient écrits en latin classique. Pour les utiliser, les nouveaux convertis devenus moines ou prêtres durent apprendre cette langue comme une langue étrangère, ce qui obligea à transplanter les méthodes scolaires utilisées à Rome pour l'enseignement du beau langage. Celui-ci, dans des contrées où le peuple ne parlait pas, comme en Gaule, un latin abâtardi, conserva sa pureté. Ces livres furent recopiés. Dans certains, des figures d'hommes étaient peintes. Les copistes imitèrent ces figures. Ils les interprétèrent à leur manière, s'efforçant de les accorder aux abstractions de l'art indigène.

Dans ces pays sans cité, les institutions de l'Église reposaient sur le monastère. C'est là que se trouvaient les livres, l'école, les images, tous les reflets de la romanité. Depuis les déserts de l'Orient méditerranéen, le monachisme s'était introduit en Irlande sous des formes farouches, ascétiques et vagabondes. Des moines voyageurs les répandirent en Gaule au début du VIIe siècle. Mais à ce moment même, les missionnaires envoyés de Rome fondaient en Angleterre des monastères régis par une règle très différente, celle que Benoît de Nursie avait mise au point en Italie centrale et que le pape Grégoire avait introduite à Rome dans sa propre maison. Ce fut cette formule qui s'imposa dans toute l'Europe. Son succès tint à ce qu'elle répondait parfaitement aux attentes de la haute société. Le monastère bénédictin ressemblait en effet aux grandes maisons aristocratiques, édifiées sur un vaste domaine exploité par des travailleurs dépendants. C'était un établissement riche, enraciné dans la prospérité rurale, et, comme dans les *villae* rustiques où s'était retirée la noblesse sénatoriale, le souvenir s'y maintenait de la cité délaissée. Le monastère bénédictin en était la réplique réduite, fermée sur elle-même, mais pourvue de toutes les commodités, de fontaines, de thermes, un ensemble de bâtiments solides s'ordonnant autour d'un espace central, le cloître, aux portiques ornés de chapiteaux semblables à ceux du forum.

Les hommes qui, en ce lieu, s'établissaient à l'écart du monde avaient renoncé à la propriété personnelle et au commerce des femmes. Ils formaient une fraternité conduite par l'abbé, leur père, qu'ils avaient élu. Retranchés comme des guerriers dans leur forteresse, combattant pied à pied contre les forces du mal, bien équipés, copieusement nourris pour être plus vaillants, leur fonction consistait à chanter à toutes les heures du jour et de la nuit la gloire de Dieu. Ils priaient pour le peuple. Ils recueillaient pour lui les grâces. Entre le peuple et la puissance divine, entre le peuple et les saints dont leur abbaye conservait les reliques, ces hommes purs, disciplinés, instruits, tenaient le rôle d'intermédiaires attitrés, ce qui valait à ces champions de la foi d'être gratifiés d'offrandes abondantes et de détenir au sein d'une société inquiète de son salut un pouvoir considérable. Notamment le pouvoir de création qui, lentement, s'éloignait des cités désertées, appauvries et ravagées par la peste. Insensiblement, le pouvoir, et le devoir, de consacrer à Dieu les richesses du monde passèrent aux mains des moines bénédictins. Ceux-ci l'assumèrent naturellement, puisque parer le sanctuaire leur paraissait le complément nécessaire de la psalmodie. Promoteurs de l'œuvre d'art, ils se montrèrent fidèles conservateurs des traditions antiques. Dans leur monastère, en effet, ces refuges érigés face à la croissante corruption du monde, le système scolaire, adapté à la poursuite silencieuse d'une perfection spirituelle, les livres, le bon latin, et toutes les rémanences de l'esthétique classique trouvaient le plus sûr asile. Ainsi, les germes de toutes les renaissances futures se déposèrent au VIIe et au VIIIe siècle au sein du monachisme bénédictin, seigneurial et lettré.

Les plus actifs artisans de la genèse d'une Europe – et d'un art européen – sortirent à cette époque des abbayes anglo-saxonnes. La règle de saint Benoît avait subi là quelques retouches, atténuant la stricte obligation de stabilité. Ces moines, en effet, entendaient poursuivre l'œuvre d'évangélisation et, comme jadis les Irlandais, beaucoup s'en allaient sur le continent, parmi les marais des bouches du Rhin et dans les forêts de Germanie, convertir les peuplades encore païennes. Ces ethnies belliqueuses et pillardes menaçaient le peuple franc, dont les maîtres savaient bien qu'ils auraient moins de peine à les soumettre lorsqu'elles seraient christianisées. Ils soutinrent donc les missionnaires. Ces moines les persuadèrent que l'Église franque, corrompue, devait être réformée. Ils se chargèrent de la sortir de la barbarie, s'attaquant d'abord aux abbayes.

Ils y restaurèrent pour cela l'apprentissage des arts libéraux, le jugeant indispensable à qui voulait comprendre le latin des textes sacrés. Embaumé pendant des décennies dans les îles, l'héritage du classicisme romain fit ainsi retour en Gaule. Ce qui en survivait encore dans ce pays en fut très vivement revigoré.

Par tradition, les bénédictins d'Angleterre étaient étroitement liés à Rome. Ils s'entremirent pour nouer l'alliance entre la papauté et les dirigeants de l'Austrasie, la province franque la moins évoluée, mais aussi la plus vivace, lieu d'une fusion féconde entre les traditions gallo-romaines et celles des peuples germaniques. Le pape avait besoin d'un soutien militaire pour tenir tête aux Lombards. En 754, il vint à Saint-Denis en France sacrer roi des Francs Pépin, le maire du palais d'Austrasie. Trois ans plus tôt, Boniface, le moine anglo-saxon, maintenant évêque de Mayence, qui dirigeait la réforme ecclésiastique et la conversion des Germains, avait une première fois imprégné le corps de Pépin de l'huile sainte, véhicule de la grâce divine. Il le fallait : les souverains mérovingiens dont Pépin prenait la place descendaient en droite ligne des dieux du panthéon germanique et tenaient d'eux leurs charismes. Usurpateur, le nouveau roi devait être, lui aussi, pénétré d'un pouvoir surnaturel. Il le fut selon des rites que décrit l'Ancien Testament et que l'on appliquait aux évêques. Ces gestes, ces paroles firent de lui l'oint du seigneur, l'élu du Dieu des chrétiens. De ce double sacre pourrait être datée la naissance de l'Europe. Ne voit-on pas, associés à cet acte politique, les principaux acteurs de la construction européenne, le pouvoir pontifical, les chefs de guerre maîtres de la Gaule, les rénovateurs anglo-saxons de l'institution ecclésiastique, les évangélisateurs de la Germanie dont Boniface était l'archi-évêque ? En tout cas, dans l'histoire des arts d'Europe, le sacre est un événement capital. Sacrés comme les évêques, les rois se sentirent désormais leurs confrères. Ils avaient conscience d'appartenir à l'Église par une moitié de leur personne, ce qui les obligeait à mettre toute leur force au service de Dieu. À le glorifier, donc à participer directement à la création artistique, et non plus sur le mode « barbare », mais en s'efforçant de faire fructifier le legs de la romanité dont l'Église était dépositaire.

D'autant que le sacre conduisit directement à la restauration de l'Empire d'Occident. Sous la nouvelle dynastie, une espèce d'ordre se rétablissait en Gaule. Depuis un siècle, les ravages de la peste avaient cessé. Les vides qu'elle avait creusés dans la population se comblaient. Un climat plus clément favorisait un essor de l'agriculture. Après Pépin, son père, Charlemagne était allé combattre pour le pape en Italie, s'était fait acclamer roi des Lombards, avait conduit ses armées au-delà des Pyrénées, inaugurant la reconquête chrétienne de l'Espagne islamisée. S'étendant sans cesse, le pouvoir du roi des Francs recouvrait maintenant presque toute la chrétienté latine. Le moment n'était-il pas venu de rassembler celle-ci sous la puissance d'un seul chef qui la guiderait vers le salut aux côtés du successeur de saint Pierre ? de réaliser ce rêve, la résurrection de la Rome impériale et chrétienne ? Le clergé romain en était convaincu et s'efforça d'en convaincre Charlemagne. Cet homme fruste, qui se plaisait surtout à combattre, à chasser et à se baigner dans des eaux tièdes, se laissa couronner et saluer du nom d'Auguste dans la basilique pontificale, le jour de Noël de l'an 800. On le persuada que, devenu l'héritier de Constantin, il devait assumer les mêmes responsabilités à l'égard de l'Église et de la culture romaine. Il entreprit donc, comme l'avait fait le premier des empereurs chrétiens, d'édifier et de décorer des bâtiments de pierre.

Il avait vu ceux de Ravenne et de Rome, qui présentaient à ses yeux l'image la plus convaincante, et la plus moderne, d'un empire christianisé, vivant. Lorsqu'il décida de fonder dans le pays de ses ancêtres sa propre capitale, les maîtres d'œuvre qu'il chargea à Aix d'élever la chapelle où, comme l'empereur d'Orient, il présiderait du haut de la tribune aux cérémonies de louange, s'inspirèrent tout naturellement de San Vitale et du Panthéon. De Rome, il fit venir quelques bronzes, et dans la cour qui se forma peu à peu autour de sa personne, où lui-même et ses commensaux s'évertuaient à parler, à converser, à se tenir comme ils l'avaient vu faire dans l'entourage du pape, la première des renaissances qui devaient se succéder tout au long du Moyen Âge débuta timidement.

Elle s'affirma, après la mort de Charlemagne, sous le règne de son fils, lorsque, dans une seconde phase, l'entreprise de réforme ecclésiastique s'étendit des abbayes aux évêchés. Elle prit son plein éclat à la troisième génération, autour de Charles le Chauve, roi des Francs occidentaux. La Gaule du Nord-Ouest était, en effet, la plus fertile des régions que dominaient les Francs ; y subsistaient des traces encore nettes des traditions antiques ; de vivifiants apports venus des bords du Rhin et des îles Britanniques la pénétraient. La renaissance que nous disons carolingienne s'épanouit là, entre Reims, Compiègne, Orléans. Ses artisans furent les fils de l'aristocratie d'Empire qui, formés dans les grands monastères puis installés sur un siège épiscopal, envoyaient recopier dans les bibliothèques italiennes ce qui n'était pas perdu de la littérature latine classique, la sauvant *in extremis* d'une totale destruction. Tous cousins, ces hommes formaient un groupe homogène, réunis par de constants échanges épistolaires et par ce devoir qui les astreignait à se retrouver périodiquement dans les assemblées convoquées par le souverain. Ils nourrissaient le même dessein : revenir à l'âge d'or, faire revivre les splendeurs de Rome. Dans la cité, où ils avaient leur siège, reprenant l'ouvrage entrepris au Bas-Empire par leurs prédécesseurs, ils multiplièrent les édifices autour de l'église mère. Ils ordonnaient de reconstruire les basiliques suburbaines. Est-ce parce que ne demeurent plus guère de ces bâtiments que les soubassements mis au jour par les archéologues, le grand art de ce temps ne paraît pas être monumental, mais s'appliquer encore, comme jadis dans les tribus germaniques, à de petits objets portables. Des signes, les parures de la puissance. Les évêques, les abbés des grands monastères les faisaient façonner dans l'or, les métaux nobles, le cristal, dans des matières très précieuses où toute la richesse de la terre semblait condensée, par des artisans très habiles qu'ils nourrissaient dans leur maison et qu'ils se prêtaient. Sorties de ces ateliers domestiques, ces œuvres circulaient un moment par le don, le contre-don, dans le milieu très étroit des amis du prince, avant de se fixer auprès des reliquaires dans le trésor des grands sanctuaires.

Toute la recherche de perfection formelle semble alors aboutir au livre. À ces livres qui, protégés par le respect que leur beauté suscite, sont parvenus en bon nombre jusqu'à nous. Pour un christianisme qui, dans ses formes les plus épurées, était avant tout cérémoniel, affaire de rites et de profération, le livre méritait, en effet, ce traitement privilégié, puisqu'il renfermait, comme un tabernacle, la part essentielle du sacré présente en ce monde : le Verbe, les mots, ces mots d'un latin préservé des souillures par quoi la liaison la plus directe s'établissait entre ces hommes et leur Dieu, et qui sont là, devant nous, sur le parchemin, calligraphiés dans l'écriture d'une superbe clarté que les lettrés du palais de Charlemagne, se référant à celle des manuscrits antiques qu'ils admiraient, avaient forgée, qui se répandit dans toute l'Europe et dont les caractères sont encore ceux de notre imprimerie. L'art du livre est un art privé, confidentiel, donc libre, ouvert aux hardiesses de l'innovation. Ce fut dans ces objets réservés à l'usage des prêtres les plus éclairés et qui demeuraient à proximité des autels, loin des regards du peuple, que ressurgirent avec le plus de vigueur des formes venues de l'Antiquité païenne que la crainte de favoriser un retour aux mauvaises croyances avait longtemps écartées. Les tailleurs d'ivoire chargés avec les orfèvres de confectionner la reliure, cet écrin de la parole divine, furent invités à prendre pour modèle les œuvres de leurs devanciers des temps constantiniens que leurs maîtres collectionnaient. Reparaît ici le relief, une vraie sculpture, qui, de nouveau, figure le corps humain dans

v^e-xe siècle

le respect de ses proportions, et non parfois sans tendresse. Tandis que, pour dresser, à l'intérieur du livre, sur fond d'architectures imaginaires, des effigies d'empereurs ou d'évangélistes, les peintres empruntaient, eux aussi, aux artistes de l'ancienne Rome les procédés capables de donner l'illusion de la vie, du mouvement et de la profondeur.

Au moment même, le milieu du IXe siècle, où la renaissance artistique carolingienne parvenait à son apogée, la chrétienté latine se trouvait de nouveau malmenée, et durement, par des envahisseurs. Il ne s'agissait plus comme quatre cents ans plus tôt de peuples en migration, mais de brigandage. Les attaques venaient de toutes parts. Au Sud, alors que s'amorçait dans la péninsule Ibérique le repli de l'islam, des aventuriers musulmans s'emparaient à petits coups de la Sicile ; d'autres s'installaient sur les côtes de Provence et prenaient le contrôle des passages des Alpes. En 898 sont attestées à l'Est les premières incursions des hordes hongroises, projetées en avant par des pulsions provenant du cœur de l'Asie. Il y avait déjà plus d'un siècle que les pirates vikings étaient apparus en Irlande, un demi-siècle qu'ils avaient commencé de remonter les fleuves gaulois, plus de vingt ans que les Danois avaient entrepris de conquérir l'Angleterre.

Il ne faut pas minimiser les dommages que causèrent ces agressions, les dernières qu'ait subies l'Europe. Celle-ci naguère était conquérante. Ses rois revenaient de leurs expéditions saisonnières chargés de butin et prélevaient sur le tribut des peuplades soumises de quoi présenter à Dieu, en action de grâces, de superbes offrandes. L'or qui, dans les cathédrales et les abbatiales de l'Empire, brillait sur les parois des châsses, Charlemagne s'en était emparé dans le camp des Avars qu'il avait vaincus en Pannonie. Cet or, maintenant, d'autres païens le convoitaient. Ils ne se jetaient pas sur l'Occident pour s'intégrer, mais pour piller ses trésors. Ils assiégèrent les cités, les monastères. Ils les prirent, les saccagèrent. Se trouvaient là non seulement les réserves d'art ancien où s'enracinaient les traditions, mais les ateliers de l'art nouveau. Beaucoup furent détruits. À ces dégâts s'ajouta l'éparpillement des lieux de pouvoir, donc des foyers de la création artistique. En effet, le choc des incursions révéla la fragilité de l'édifice politique. Il l'ébranla, le fissura, le morcela. L'unité impériale avait pu se reconstituer dans les élans d'une conquête fructueuse. Contraint à la défensive, l'empire aussitôt montra ses faiblesses. La réunion du peuple de Dieu sous un seul chef apparut ce qu'elle était : un rêve d'intellectuel. Résister à des attaques furtives, imprévisibles, édifier pour cela des forteresses efficaces, monter la garde, traiter avec les assaillants, contre-attaquer furent partout l'affaire des puissances locales. Au Xe siècle, tandis que s'affirmait l'autonomie des ethnies régionales sous la conduite de princes à la fois chefs de guerre, protecteurs des grandes abbayes et mandataires du saint patron de la province, le mouvement s'amorçait qui conduisait à contracter les pouvoirs de commandement autour de chaque château. Et là, dans ce cadre étriqué, les nécessités de la lutte obligeaient à prendre sur ce que l'on consacrait autrefois à l'œuvre d'art pour équiper et pour entretenir des troupes de guerriers professionnels, exigeantes et ravageuses.

Pourtant les invasions furent aussi facteurs de rajeunissement. Elles balayèrent une bonne part du vétuste, du vermoulu, de ce qui faisait obstacle à l'innovation. Elles favorisèrent toutes sortes de transferts, d'échanges. Durant les trêves, les camps des pirates devenaient lieux de négoce, et les moines qui fuyaient devant les pillards ne partaient pas les mains vides, ils emportaient leurs livres, leurs reliquaires, leurs légendes, leurs façons particulières de chanter les psaumes ou de bâtir, et ces formes, transplantées dans la province où ils s'installaient, se mêlaient aux formes locales, en hâtaient le renouvellement. Comme au temps des grands mouvements de peuples du haut Moyen Âge, les frontières qui, au Nord, à l'Est, séparaient les pays christianisés des régions occupées par d'autres peuplades, s'effacèrent. Scandinaves et Hongrois finirent par se fixer; ils se convertirent; ils s'introduisirent dans la communauté européenne avec leur patrimoine culturel, avec leur manière de tailler le bois, de décorer des tentures ou des amulettes. Les historiens ont cessé de parler de cette époque comme d'un « âge obscur », d'un « siècle de fer ». Ils remarquent que l'élan de croissance dont les premiers symptômes se discernent à l'orée des temps carolingiens ne fut pas brisé, bien au contraire. Ils le voient vivifié par le grand brassage que provoquaient les incursions. Ils aperçoivent, plus actifs dans les contrées qui, comme la Saxe, furent des refuges et dans celles, la Catalogne, les rivages de la mer du Nord et de la Manche, où s'opérèrent rencontres et fusions, les ferments de créativité qui préparaient la brusque éclosion, après l'an mil, du grand art médiéval.

960-1160

L'Empire romain d'Occident s'était affaissé pendant les troubles. En 962, il fut une seconde fois restauré, en faveur du roi des Germains Otton, rejeton des chefs de tribus de la Saxe, l'un des bastions de la résistance aux incursions païennes. Ce fut donc en Germanie, la partie de l'Empire la plus récemment évangélisée, soumise, organisée, dans des provinces qui avaient moins souffert que d'autres des pillages, où l'on avait mis à l'abri quantité de reliquaires et où les armatures de l'État carolingien avaient mieux résisté, que refleurit la renaissance inaugurée au temps de Charlemagne.

Les lieux de création culturelle restèrent les mêmes : la cour impériale, animée d'une semblable volonté de faire revivre les usages et les vertus de la haute société romaine et où s'élaboraient les formes primitives de ce qui s'est appelé plus tard la courtoisie, et les sièges épiscopaux, soutiens de l'Empire, occupés comme jadis par les proches parents du souverain ou par les hommes de bonne naissance qu'il avait élevés dans son palais. Façonnant les mêmes objets, s'inspirant des mêmes modèles, se pliant aux mêmes directives, des artisans domestiques poursuivirent dans la même voie leur quête de perfection formelle. Leur art culmine dans les peintures des péricopes et dans l'orfèvrerie de ces devants d'autel où reparaissent sur les plaques d'or les figures inscrites en relief dans la reliure des livres. Cependant, la prééminence de l'architecture nous est désormais perceptible. Des témoins sont encore debout sous nos yeux : les murs des grandes halles où l'empereur présidait aux banquets et, massives, solidement équilibrées, des cathédrales, des basiliques monastiques. Sur les façades de ces églises des portes de bronze ont été parfois placées à la manière romaine, et les prélats bâtisseurs osèrent y disposer en plein vent des images, face au peuple, en forme de prédication muette. Ce n'étaient plus des gravures, des ciselures. Pour mieux persuader, elles s'établissaient dans les trois dimensions de l'espace. L'innovation majeure réside en cette émergence d'une sculpture publique, qui se propagea vers l'Est, dans les pays slaves dont les rois de Germanie soutenaient la christianisation et gagna l'Italie, étroitement dépendante du nouvel Empire. Mais très neuf est aussi le regain de classicisme que l'on décèle dans les arts du trésor. Le modèle ici vient de Byzance où le second des Otton prit son épouse. Cette femme et ses suivantes apportèrent avec elles des ornements de corps et des objets de dévotion. C'est par cette voie que parvint en Allemagne impériale, dans les dernières décennies du Xe siècle, le reflet des formes qui se créaient dans l'Orient chrétien lui-même renaissant, et qui tenait à nouveau son rôle d'intermédiaire entre les traditions de l'Antiquité méditerranéenne et l'esthétique de l'Europe en formation.

En l'an mil, Otton III eut l'idée de transporter son trône dans la Ville éternelle, sur l'Aventin, comme pour signifier que l'entreprise de rénovation de l'Empire romain parvenait à son terme. Symbolique, ce geste n'eut pas de suite. Mais il témoigne de la puissance du mirage, de ce rêve obsédant : reconstruire la Rome des Césars. De fait, Rome se trouvait alors en position marginale. Les forces vives étaient ailleurs, au nord-ouest de l'Europe, dans les provinces de France que les dernières invasions avaient dévastées et tout à la fois fécondées.

Ici se montrent, en effet, les indices les plus nets du vigoureux mouvement de croissance matérielle qui s'est amplifié à l'entrée du deuxième millénaire pour atteindre au XIIe siècle sa pleine intensité. À la source de cette croissance, qu'attestent entre autres signes ces à-coups catastrophiques, famines ou mortalités, que relatent les chroniques, une expansion démographique dont le ressort principal se trouve sans doute dans le raffermissement conjoint de la cellule familiale et de la cellule paroissiale. La tranquillité revenue la favorisait, et l'ordre qui, peu à peu, s'établissait sur des structures politiques mieux adaptées à une société devenue presque entièrement campagnarde. Dans les cinquante ou soixante années qui entourent l'an mil, une sorte de contrat social semble s'être conclu à force de foi jurée, de serments prêtés, notamment dans ces grandes assemblées de paix où l'on voyait, province après province, à l'appel des princes et des évêques, la population tout entière venir s'engager devant les reliquaires à respecter les règles d'une discipline consentie. Deux images servaient de référence à la morale civile qui se mettait tant bien que mal en place. L'image de la maison réunissant des frères sous l'autorité d'un père, et celle d'une hiérarchie qui, englobant les chefs de famille dans une famille plus vaste, la maison de leur seigneur commun, puis les seigneurs dans la maison du roi ou du prince, aboutit finalement, par-delà la limite poreuse entre le monde visible et l'invisible, à Dieu le Père, siégeant au plus haut des cieux au milieu de sa propre maisonnée que composent les anges et les saints. Lorsque, vers 1030, les prélats du nord de la France proclamèrent que, selon le plan divin, les hommes se répartissent en trois catégories, ceux qui prient, ceux qui combattent, ceux qui travaillent, et que la concorde repose sur un échange de services, les travailleurs entretenant par leur labeur les guerriers qui les défendent et les hommes d'Église qui les conduisent au salut, ils décrivaient en fait, lucides, la répartition des pouvoirs telle qu'elle se révélait à cette époque, le système politique fondé sur la seigneurie. Mais ils indiquent aussi à l'historien où se trouvaient de leur temps les moteurs de la création artistique ainsi que les raisons de son épanouissement. Ils expliquent pourquoi la chrétienté, comme dit un chroniqueur, se revêtit, après les épreuves de l'an mil et comme pour un nouveau baptême, d'une robe blanche d'églises neuves. Ce fut par le jeu des transferts seigneuriaux que le surcroît de richesses produit par des paysans de plus en plus nombreux, qui remettaient en culture les terres délaissées pendant le haut Moyen Âge et étendaient les champs de blé dont un meilleur outillage haussait le rendement, que cette surabondance parvint aux mains des gens de guerre et des gens de prière. Ces derniers remplissaient la fonction tenue pour la plus utile. Ils recevaient donc la plus large part, à charge de l'offrir sous les formes de l'œuvre d'art au Tout-Puissant pour capter sa bienveillance. Et comme, au sein du corps ecclésiastique, la faveur des fidèles, au XIe siècle, allait aux moines, jugés mieux à même d'attirer les faveurs du ciel, la théorie de la société parfaite élaborée par les intellectuels montre pourquoi les monastères d'Europe furent, en fin de course, au XIe siècle, les grands bénéficiaires de l'essor économique et, par conséquent, les foyers les plus actifs de la création artistique.

Le pouvoir seigneurial, le droit pour chaque seigneur d'extorquer aux travailleurs une portion de ce qu'ils tiraient de la terre, était en fait un fragment du pouvoir royal. Depuis la fin du IXe siècle, d'abord dans le nord-ouest de l'Europe, puis dans l'Europe entière, ce pouvoir s'était progressivement morcelé. Les princes, les ducs, les comtes, enfin, la désagrégation se poursuivant, les maîtres de forteresses se le partagèrent. Ces hommes n'étaient pas sacrés comme les rois. Ils se sentaient cependant désignés par Dieu pour protéger de leur épée les prêtres, les marchands, les cultivateurs. Remplissant la fonction des rois, ils se sentaient les mêmes devoirs, celui en premier lieu de tenir une cour, d'y traiter royalement leurs vassaux, de distribuer parmi eux les bienfaits et de se montrer magnifiques, exhibant leurs trésors et, copieusement ornées, les femmes de leur parenté. Les nécessités de l'ostentation et de la largesse obligeaient tout seigneur, grand ou petit, à favoriser de son mieux la création de beaux objets. À l'instar de la maison du roi ou de l'empereur, chaque maison seigneuriale était un atelier où, sous la direction de l'épouse du patron, la domesticité féminine filait, tissait, brodait. Dans les plus riches de ces demeures travaillaient aussi des orfèvres, des peintres, peut-être même des sculpteurs si l'on admet que les « chambres aux images », c'est-à-dire aux statues, que décrivent les romans de chevalerie ont réellement existé. Le premier effet du morcellement féodal fut de disséminer les foyers de l'art de cour. Du même coup s'en atténua l'éclat, car les potentats qui rêvaient d'égaler Charlemagne disposaient de moyens bien moindres. Pour cette raison, il reste fort peu de chose de l'art courtois, qui pourtant se développa parallèlement à la poésie courtoise et avec autant de vivacité. Ses supports étaient trop fragiles. Les ouvrages textiles n'ont pas résisté à l'usure du temps, et depuis que, sous l'influence du christianisme, l'habitude s'était perdue d'ensevelir les chefs avec leurs bijoux, les métaux précieux étaient périodiquement retravaillés, à moins qu'ils ne fussent portés à la fonte lorsque le seigneur avait besoin de faire frapper de la monnaie. Toutefois, les rares vestiges subsistant de cet art profane, telle la « tapisserie » de Bayeux confectionnée en Angleterre à la fin du XIe siècle pour un évêque-comte et qui, déposée dans le trésor d'une cathédrale, échappa à la destruction, témoignent de la virtuosité, de l'acuité du regard des artisans qu'employèrent alors les plus grands seigneurs féodaux.

Ceux-ci toutefois, comme les rois, étaient en premier lieu des *bellatores*. Ils avaient pour fonction principale de combattre. Les profits croissants de la seigneurie servirent donc d'abord à renforcer les défenses des châteaux et à perfectionner sans cesse l'équipement du maître et de ses compagnons d'armes. La primauté consentie dans la société féodale aux dépenses militaires retentit de deux manières sur l'histoire des arts d'Europe. D'une part, négativement, en dilapidant dans les combats des ressources où la création artistique eût pu s'alimenter. Positivement, d'autre part, car les chevaliers devinrent invincibles. Par la force de leurs armes, l'Europe, un moment offerte en proie aux agresseurs, redevint pillarde. Elle élargit son emprise de toutes parts. Tandis que les princes allemands étendaient leur domination à l'Est, les guerriers de Catalogne et d'Aquitaine, ceux de Bourgogne et de Flandre, au premier rang ceux de Normandie, descendants des pirates scandinaves, se lançaient dans l'aventure au Sud. Comme leurs lointains ancêtres du Ve siècle, ils étaient attirés vers les régions méridionales par l'éclat qu'ils percevaient de leur culture et par les richesses dont ils les savaient dotées. Durant la seconde moitié du XIe siècle, ils arrachèrent l'Italie du Sud aux Grecs, la Sicile et une bonne part de l'Espagne aux musulmans. Dans le même temps, les marins de Pise, de Gênes devenaient les maîtres de la Tyrrhénienne ; ils parvinrent même à prendre pied un moment en Afrique du Nord. Ceux de Venise dominaient l'Adriatique, obtenaient des empereurs byzantins le droit d'installer à Constantinople une forte colonie marchande. Le grand élan qui, en 1095, à l'appel du pape, entraîna vers Jérusalem, au secours des chrétiens d'Orient et pour libérer le Saint-Sépulcre, toute la chevalerie européenne, se situe dans le prolongement direct de ce puissant débordement de la chrétienté latine, prolifique et armée jusqu'aux dents.

Ces succès militaires contribuèrent à vivifier tous les commerces et à rassembler l'Europe. Entre le réseau d'échanges que l'expansion scandinave avait tissé autour de la mer du Nord, en Rhénanie et dans la Baltique, et l'espace méditerranéen qui s'ouvrait aux négociants d'Italie, des liaisons se nouèrent. Elles s'établirent le long de l'axe qui, de longue date, unissait Rome à la Grande-Bretagne, et, en Flandre, à Saint-Denis près de Paris, plus tard en Champagne, l'activité s'accrut de ces foires, échelonnées tout au long de la belle saison, où s'échangeaient les produits du Sud et ceux du Nord et où se perfectionnaient les instruments de la pratique commerciale. Les pillages en terre musulmane et l'exploitation en Germanie des mines d'argent procuraient de quoi frapper davantage de monnaie. Celle-ci circulait plus vite. Les villes sortirent de leur torpeur, se peuplèrent, s'enrichirent. Les rois, les ducs, certains comtes, qui tenaient en leur pouvoir les grands chemins et les principaux carrefours, purent puiser les deniers dans l'épargne des trafiquants qu'ils protégeaient. Ils en usèrent pour domestiquer les seigneurs de campagne et pour rebâtir peu à peu l'état sur l'émiettement féodal. Ces princes enfin voulurent faire étalage de leur nouvelle puissance. Ils aidèrent à rebâtir et à orner les grandes églises où ils allaient solennellement prier au milieu des prélats et des moines.

960-1160 39

La guerre victorieuse suscita d'autre façon la reviviscence de la création artistique dans l'Europe du XIe siècle. Les chefs de bande qui se fixèrent en Campanie, en Sicile, dans l'Espagne reconquise, et leurs cousins qu'ils installèrent dans ces régions sur les sièges épiscopaux, adoptèrent les mœurs des indigènes. Ils s'établirent dans les demeures des princes vaincus, et les ateliers qu'entretenaient ceux-ci travaillèrent désormais pour eux. Les hôtes qu'ils accueillaient au passage revenaient chez eux éblouis, décidés à vivre désormais dans un luxe semblable. Ils rapportaient les quelques objets façonnés par des artisans arabes ou byzantins qu'ils avaient reçus en présents ou raflés dans les cités soumises. Ils demandèrent aux marchands au long cours de leur en procurer d'aussi beaux. Ces coffrets, ces tissus servirent de modèle. Par eux se propagèrent en Occident des techniques moins frustes et de nouveaux thèmes iconographiques.

Les maîtres des seigneuries aimaient la guerre. Pour la faire avec plus de plaisir et de profit, ils sacrifiaient allègrement les richesses qui leur venaient de la croissance agricole et du renouveau du commerce. Toutefois, ils n'étaient pas sans songer aussi à leur salut et au salut du peuple qui leur était confié. Aucun d'eux ne négligeait le service de Dieu, et tout d'abord de ces puissants, eux aussi invisibles mais plus proches, les saints protecteurs, guérisseurs, intercesseurs. Très anciens ou tout neufs, les saints étaient présents par ce qui demeurait ici-bas de leur corps, ces débris très précieux d'où jaillissait le miracle.

Le miracle était partout, car les reliques surabondaient. Au lendemain de l'an mil, le moine Raoul les a vues se multiplier, comme une insigne faveur du ciel, dès que se fut apaisée la colère divine. Elles étaient en effet très nécessaires. Dès que surgissait un danger, une calamité, on les promenait en procession solennelle ; on les plaçait à portée de la main de quiconque prêtait un serment. On débitait ces ossements en morceaux. Vraies ou fausses, les reliques faisaient l'objet de transactions très actives. Rares étaient les hommes riches qui n'en possédaient pas dans leur maison, qui n'en portaient pas sur leur corps, et le premier des gestes de piété était d'honorer ces parcelles du sacré, de les soigner, de les enrober d'ornements. Autour des plus renommées se concentra au XIe siècle l'essentiel de la création artistique. Vers elles affluaient les donations pieuses, les princes eux-mêmes et leur suite de chevaliers. Pour ces hommes qui passaient leur vie à chevaucher, à l'affût de l'aventure, il n'était pas, en effet, d'exercice de dévotion plus plaisant que le pèlerinage. D'autant plus salutaire qu'il était plus lointain et périlleux, celui-ci d'ailleurs se distinguait mal de l'expédition militaire : les guerriers qui combattirent les infidèles en Espagne ou en Terre sainte s'étaient en premier lieu mis en marche dans l'intention de visiter la tombe de saint Jacques à Compostelle ou le Saint-Sépulcre. Ils cheminaient en bandes, visitant l'un après l'autre les sanctuaires fameux pour leurs reliques. Les hommes d'Église qui toujours les accompagnaient rapportaient du voyage le souvenir des monuments, des décors qu'ils avaient vus et le désir de reproduire les formes qui les avaient frappés. Par la faveur dont jouit alors le pèlerinage s'expliquent, pour une part, l'homogénéité de la haute culture européenne et les traits de parenté qui unissent des œuvres d'arts dispersées d'un bout à l'autre de la chrétienté.

Cependant les morts, les saints, Dieu attendaient principalement d'être l'objet sur cette terre d'une célébration permanente, que l'on chantât, que l'on brûlât l'encens pour eux, que l'on entretînt pour eux des luminaires. Les détenteurs du pouvoir militaire jugeaient, par conséquent, indispensable de développer en leur honneur des liturgies plus somptueuses que celles dont s'entouraient les plus grands princes, et la société de ce temps déléguait auprès d'eux, installées à proximité de tous les lieux de culte, des équipes foisonnantes de serviteurs attentifs. Des prêtres, mais, de préférence, des moines. Car, pour que l'offrande que constituait l'office liturgique fût bien reçue, les officiants devaient être purs. Plus purs que tous les autres étaient les moines bénédictins que leur famille avait placés tout enfants dans un monastère et pour cela demeurés vierges, un état qui, proclamaient-ils, les situait au plus haut degré des perfections terrestres. En communication directe avec les anges, on les jugeait mieux capables que quiconque de lancer, à l'unisson des chœurs célestes, le chant de louange vers le Tout-Puissant et de capter sa bienveillance.

Les chefs de guerre se considéraient donc obligés de pourvoir aux besoins de ces communautés monastiques, de veiller à ce qu'elles ne soient pas souillées, de réformer celles où la règle n'était plus convenablement suivie, de les aider à remplir avec toujours plus d'éclat leur indispensable fonction. Ils se procuraient pour elles des reliques. Ils demandaient d'être ensevelis dans ces maisons de prière afin de prendre leur part des grâces qui pleuvaient sur elles. En mourant, ou bien lorsqu'ils partaient pour un dangereux pèlerinage, ils y déposaient les plus précieux des objets qu'ils possédaient. Au XIe siècle, alors que le christianisme concevait encore le rapport des hommes avec le Ciel sous forme de don et de contre-don, finissait ainsi par confluer dans les monastères, ces antichambres du paradis, la majeure partie du luxe de la terre. Car la majeure partie du pouvoir terrestre appartenait en fait aux hommes qui vivaient là, entremetteurs indispensables entre le peuple et les forces du bien. À la tête de seigneuries prospères, bien gérées et qui ne cessaient de s'étendre, comblés d'aumônes par les pèlerins, par tous ceux, riches et pauvres, qui désiraient que l'on sollicitât spécialement pour eux la faveur des saints, les moines voyaient parvenir entre leurs mains l'essentiel des fruits de la croissance. Ils en sacrifiaient la plus grande part à la gloire de Dieu. Ils s'en servaient pour rendre toujours plus somptueux les lieux de la célébration liturgique.

Aux temps féodaux, la fragmentation du pouvoir régalien fit se multiplier les monastères. Tout seigneur, dès qu'il en avait le moyen, en fondait un pour ses besoins spirituels et ceux de ses sujets. C'était le complément naturel du château, comme une autre forteresse, plus solidement, plus précieusement bâtie, car elle semblait plus utile encore. Quelques-unes de ces maisons renfermaient des religieuses ; les filles de la maisonnée y étaient éduquées et les veuves y faisaient retraite. Mais presque toutes étaient occupées par des hommes dont les oraisons étaient jugées beaucoup plus efficaces pour aider dans l'au-delà les âmes en peine. Ici reposaient les ancêtres du fondateur et ceux de ses vassaux, réunis par-delà la mort comme leurs descendants vivants l'étaient dans les cours solennelles. Ces monastères étaient de toutes tailles, comme les seigneuries, certains immensément riches, d'autres besogneux ; chacun d'eux conservait jalousement le souvenir de sa propre histoire et tenait à se distinguer par quelques usages particuliers ; des discordes, à propos de droits ou de préséance, les opposaient souvent à leurs voisins. Ils formaient cependant une vaste fraternité répandue d'une extrémité de l'Europe à l'autre, et l'on ne peut comprendre que les manières de bâtir, de sculpter, de peindre se soient diffusées à travers la chrétienté avec autant de souplesse et de rapidité, ni que leur diffusion se soit orientée dans telle ou telle direction sans prendre en considération l'ensemble de ce réseau très serré et les alliances privilégiées qui s'y nouaient. Des liens unissaient naturellement les maisons situées sur la même route de pèlerinage. D'autres, plus étroits, celles dont un même réformateur avait autrefois rectifié les déviations. Ailleurs, c'était une relation filiale entre une abbaye mère et les prieurés où ses moines avaient essaimé. Des congrégations se formèrent ainsi. En elles se concentrèrent les moyens de produire, comme ils s'étaient jadis concentrés entre les mains des rois. Ces vastes organismes furent les animateurs de l'essor artistique du XIe siècle.

Le premier rôle revint au plus vigoureux, l'ordre de Cluny. De multiples raisons le prédisposaient à prendre la tête du mouvement de rénovation qui portait à prolonger la renaissance ottonienne, la carolingienne, en revenant hardiment aux principes esthétiques de l'Antiquité classique. Le fait d'abord que les monastères affiliés à cette congrégation se situaient pour la plupart dans la moitié sud de l'Europe, dans les provinces où Rome avait laissé les marques les plus évidentes de sa longue présence et où, à l'intérieur de cités qui n'avaient jamais été tout à fait mortes, qui se réveillaient les premières, ranimées par le renouveau des trafics au contact des provinces reconquises sur l'Islam, les monuments que l'Empire avait érigés proposaient les exemples convaincants d'une architecture et d'un décor de prestige, où l'aristocratie s'enorgueillissait de descendre des familles sénatoriales romaines, où enfin les populations rustiques n'avaient jamais cessé de vénérer furtivement les effigies des puissances tutélaires. Cluny, par ailleurs, était depuis sa fondation corporellement attachée à l'Église de Rome. Cluny entretenait des rapports étroits avec les empereurs germaniques : Henri II, après son couronnement, avait déposé dans l'abbaye les emblèmes de son pouvoir. De telles relations incitaient les abbés du grand monastère à rêver à leur tour d'assumer la direction d'un *imperium* revivifié, sous une forme mystique, cette fois, dans les perspectives du prochain retour du Christ en gloire. À Cluny enfin, la règle de saint Benoît s'était infléchie de manière à concentrer sur l'office liturgique toute l'activité des moines. Ceux-ci passaient la plus grande partie de leur temps à chanter d'une même voix. Il leur paraissait convenable que l'édifice où ils se réunissaient pour psalmodier, où se déroulaient les figures de cette sorte de danse très lente que composaient leurs déambulations processionnelles apparût comme une préfiguration de la Parousie, présentât ici-bas le reflet des splendeurs de la Jérusalem céleste. Ils n'épargnaient rien pour cela, accumulant dans le sanctuaire les métaux précieux, les luminaires, tout ce qui pouvait rendre rutilant l'intérieur de leur oratoire. Nulle part dans l'Europe du XIe siècle ne fut si résolue l'intention de parer magnifiquement les cérémonies célébrées en offrande à l'Éternel.

Parce qu'ils se sentaient liés à Rome et à l'Empire, les moines clunisiens puisèrent de préférence les modèles de cette parure dans ce qui subsistait encore sous leurs yeux de l'art antique. Pour rebâtir l'abbatiale, l'abbé Odilon fit venir à grand-peine de la Provence jusqu'en Bourgogne des colonnes romaines, et quand Hugues, son successeur, décida d'abattre cette basilique toute neuve pour en construire une encore plus vaste, capable de contenir les évolutions des quatre ou cinq cents moines maintenant rassemblés dans l'abbaye mère, il voulut que le religieux, expert en psalmodie et dans la recherche des harmonies numériques, qu'il chargeait de calculer les proportions de l'immense édifice, considérât attentivement les monuments de l'ancienne Rome avant de concevoir le décor architectural intérieur et de distribuer les éclairages. On ne se retenait plus en ce temps d'admirer ce qu'il restait d'ornements sculptés sur les façades de ces monuments. Aussi, les dirigeants de l'*ecclesia cluniasiensis,* et ceux des abbayes qui subissaient son ascendant, se risquèrent-ils, dans les dernières décennies du XIe siècle, à faire reparaître dans la pierre la grande sculpture figurative à l'entrée des églises neuves.

C'était triompher de longues et fortes résistances mentales. Une soixantaine d'années plus tôt, un homme de haute culture qui venait du nord de la Gaule, Bernard, maître de l'école cathédrale d'Angers, s'était scandalisé lorsque, arrivant à Aurillac, il s'était trouvé devant une statue, celle d'un saint, lorsqu'il avait vu des paysans prosternés devant ce simulacre, communiquant par le regard avec le personnage invisible dont un sculpteur très habile avait façonné le visage. Pour lui, c'était la manifestation d'indéracinables superstitions, la perpétuation, dit-il, du culte des anciens dieux. Ce qu'il relate de sa surprise indignée révèle très nettement les obstacles qui s'opposaient alors, dans l'esprit des intellectuels, à la résurgence de la plastique. « Là où l'on rend, écrit-il, au Dieu unique, tout-puissant et vrai, un juste culte, il paraît mauvais et absurde de fabriquer des statues en plâtre, en bois, en métal, sauf s'il s'agit du Seigneur (Jésus, le Dieu incarné, donc figurable) en croix. Que l'on fabrique avec piété une telle image afin d'entretenir le souvenir de la Passion du Seigneur, soit au ciseau, soit au pinceau, la sainte Église catholique le permet. Mais le souvenir des saints, les yeux humains ne doivent le contempler que dans des récits véridiques ou dans des figures peintes sur les murs, en couleur sombre. » La peinture, à la rigueur, mais discrète. Non point, en tout cas, le relief.

À vrai dire, quelques jours plus tard, à Conques, devant la statue reliquaire de sainte Foy, fascinante idole, Bernard reconnut la vanité de ses réticences. L'Église, en effet, se sentait de plus en plus assurée face au paganisme, et beaucoup, avec le maître d'Angers, s'accoutumaient alors à ne plus redouter autant les images en relief. Bientôt, elles s'établirent sur les murs extérieurs des basiliques. Au seuil, à l'endroit où l'on abandonnait le monde charnel pour s'introduire, si l'on en était digne, dans cet autre monde à demi céleste, l'espace des célébrations liturgiques. En ce lieu de transition fut érigée comme une réplique des arcs de triomphe dont s'étaient jadis parées les cités romaines. Les moines y placèrent, sculpté dans la pierre, un signe, superbe, le signe d'un passage. Ils commandèrent aux tailleurs d'images de représenter, comme les peintres le faisaient de longue date sur les pages des livres sacrés, illustrant le texte des Évangiles et celui de l'Apocalypse, la scène de l'Ascension du Christ ou bien celle de son retour sur la terre pour y juger les vivants et les morts. Dans les églises où les pèlerins pénétraient pour vénérer des reliques, cette icône se présentait directement en plein air, aux regards du peuple. Dans les basiliques moins ouvertes, elle paraissait à l'intérieur de cette sorte de sas que constituait le narthex. En à peine un demi-siècle, la grande sculpture publique, sacralisée, envahit la Gaule méridionale et finalement fut acceptée au nord de la Loire.

Vers 1130, Suger, l'abbé du monastère de Saint-Denis, que le roi des Francs Dagobert avait fondé, que l'empereur Charles le Chauve avait enrichi et que les rois capétiens entouraient de leur sollicitude, décida d'élever un porche monumental à l'entrée de la vieille basilique. Comme les Clunisiens, Suger était persuadé que tout le luxe du monde doit venir rehausser la pompe des liturgies. Il était aussi le serviteur fidèle de la monarchie. Il voulut honorer celle-ci en même temps qu'il honorait Dieu, devenant ainsi l'inventeur d'un nouvel art royal. Puisant aux sources carolingiennes, il conçut le projet de transposer dans les vitraux des fenêtres de l'abside le décor d'émail et de gemmes ornant les objets des trésors impériaux. En outre, alors qu'il travaillait à rattacher plus solidement par les liens féodaux les provinces méridionales du royaume à la couronne, il lui parut bon d'implanter aussi en Île-de-France les manières nouvelles que l'on avait de traiter l'image sur les façades des abbayes de Bourgogne et d'Aquitaine. Il reprit à son compte le programme décoratif qui l'avait séduit dans ces contrées. Il l'amplifia. Il ordonna de sculpter les effigies des ancêtres de Jésus dans la pierre des colonnes encadrant le portail, la scène du Jugement dernier associée à la vision de Jean que décrit l'Apocalypse dans la pierre du tympan, enfin, dans le bronze revêtu d'or des portes, les scènes de la Passion et de l'Ascension. Le commentaire qu'il composa lui-même de cet ensemble figuratif définit parfaitement la fonction qu'attribuaient en ce temps à l'œuvre d'art les plus audacieux de ses promoteurs. « La noble clarté de l'ouvrage, écrit-il, est là pour éclairer les esprits et les conduire par de vraies lumières à la vraie lumière dont le Christ est la vraie porte. » Car, ajoute-t-il, « ce qui n'est que matière suscite vers le vrai l'esprit obtus, et par la vue de cette lumière le ressuscite de son abaissement initial ». Illuminer, élever l'âme, l'aider à s'avancer pas à pas vers la lumière, à la fois par la qualité du matériau, par la perfection et par la signification des formes, ainsi concevait-il le rôle de l'image au seuil de l'édifice qu'il avait ordonné de reconstruire « à l'aide des instruments de la géométrie et de l'arithmétique » afin qu'il s'accordât plus heureusement par ses dimensions et son volume aux harmonies sublimes de la surnature. Et quand ensuite il rebâtit le chevet, il voulut que tout l'intérieur de l'église fût envahi par la lumière, plus généreuse et vivifiante encore qu'elle ne l'était dans l'abbatiale de Cluny. L'œuvre de Suger est l'aboutissement des innovations monastiques du XIe siècle. Mais, d'un seul coup, elle les dépasse, prenant appui sur la théologie nouvelle, démontrant comme celle-ci, par l'image et le propos architectural, à la fois que Dieu est lumière et qu'il s'est incarné. Cette œuvre et les mots qu'emploie son auteur pour justifier l'entreprise témoignent des changements décisifs qui se produisaient au Nord-Ouest de l'Europe entre 1110 et 1140.

L'élan de progrès matériel prenait plus de force. C'était le moment de la pleine réussite agricole : jamais en Occident on n'avait vu pétrir autant de pain, fouler d'aussi plantureuses vendanges. Mais à ce moment aussi les villes où affluaient les surplus de la production paysanne et les profits des échanges commerciaux commençaient un peu partout à prendre le pas sur les campagnes. Dans les vieilles cités romaines, dans les faubourgs qui se peuplaient à leur porte, dans les agglomérations nouvelles qui s'élargissaient aux nœuds des itinéraires du négoce se concentrait la monnaie, c'est-à-dire le pouvoir. Le moyen, en particulier, dans un monde où maintenant presque tout se payait en argent, de fournir aux artisans de quoi bâtir, sculpter, forger, peindre et de rétribuer leurs services. Les conditions de la création artistique redevenaient peu à peu ce qu'elles avaient été aux beaux temps de l'Antiquité méditerranéenne. Elle se retirait des campagnes où s'éparpillaient les monastères. Ses foyers les plus actifs s'installaient, et définitivement, dans les villes où la classe dominante s'accoutumait à prolonger ses séjours, où se tenaient les cours solennelles, où se fixaient les organes lourds de l'État renaissant, soucieux d'exhiber là sa nouvelle puissance.

Tandis que s'affirmait la prépondérance de la ville, les manières de penser et d'observer le monde se modifiaient insensiblement. En milieu urbain, dans ces espaces de rencontre où les trafiquants étalaient des produits étranges, où parvenaient du bout du monde des pigments permettant d'ouvrir plus largement la gamme des couleurs, de produire en particulier ce bleu dont s'enchante alors le vitrail, sur le marché des villes où dans le cours des transactions l'œil s'accoutumait à juger rapidement de la qualité d'une étoffe, où l'on parlait ensemble, où l'étranger n'était plus une proie que l'on pouvait dépouiller à sa guise mais un interlocuteur, deux attitudes d'esprit se renforçaient. C'était d'abord le besoin de voir clair, de comprendre, de sortir de soi, de communiquer. Ce besoin, Abélard, qui enseignait dans Paris, le ressentait : ses élèves proclamaient qu'ils ne pouvaient croire ce qu'ils n'avaient d'abord compris, et lui-même se persuadait que « nous nous approchons de Dieu dans la mesure même où il s'approche de nous en nous donnant la lumière et l'amour ». La lumière : il partageait les convictions de Suger. L'amour : il l'avait lui-même chanté. Ne l'oublions pas, ce fut alors, au premier quart du XIIe siècle, que l'Occident « inventa » l'amour. Tout à la fois l'amour mystique, celui de saint Bernard, et l'amour courtois, celui des troubadours. Second changement dans les représentations mentales : la découverte que le monde visible, charnel, n'est pas si mauvais et que, pour être agréable à Dieu, il n'est pas nécessaire de le fuir comme le faisaient les moines. Par un retournement complet de l'idéologie dominante, les hommes s'apercevaient, dans les villes en expansion et devant les manifestations de l'essor économique, que les choses matérielles ne sont pas inexorablement condamnées à se corrompre au fil du temps, mais qu'au contraire un progrès continu les entraîne. S'imposait l'idée, corollaire, que la création n'est pas achevée, qu'elle continue jour après jour et que les humains sont appelés par le Créateur à collaborer avec lui, à l'aider de leurs mains et de leur intelligence à perfectionner l'univers. Qu'il leur convient, par conséquent, de mieux connaître les lois de la nature, c'est-à-dire le projet de Dieu.

Dans le même temps, les rapports avec le divin se transformaient. Au dernier tiers du XIe siècle, la papauté avait pris en main la réforme de l'institution ecclésiastique. Répondant enfin aux appels des fidèles qui, depuis des décennies, au sein de mouvements jusque-là dénoncés comme hérétiques, réclamaient des prêtres qui ne fussent pas souillés par l'argent ni par le sexe, l'évêque de Rome et ses légats s'étaient employés dès lors à purifier, après l'Église régulière, la séculière. Ils avaient commencé par la tête, chassant les mauvais évêques, les remplaçant par de meilleurs, capables de se garder des pressions du siècle. Cette épuration fit revenir l'Église aux structures constantiniennes, ottoniennes. L'épiscopat en redevint la pierre angulaire. En 1119, le pape Calixte II, ancien archevêque, dont les prédécesseurs, tous anciens moines, s'étaient appuyés sur les congrégations monastiques et principalement sur la clunisienne, prit résolument dans un concile le parti des évêques contre Cluny. Ce retour à l'organisation primitive s'inscrivait dans le progrès général et coïncidait naturellement avec la renaissance urbaine. C'est en effet dans la cité que l'évêque a son siège, et les courants de prospérité qui, de nouveau, convergeaient vers les villes redonnaient de l'éclat à la fonction épiscopale, en même temps qu'ils attiraient vers la cathédrale, église de la cité, les ateliers qui travaillaient à l'embellissement des basiliques monastiques. Ceux de Saint-Denis se transportèrent à Chartres vers 1150.

Toutefois ce transfert lui-même, le retrait progressif du monachisme par rapport au clergé et ce qui, en conséquence, se modifiait dans les formes artistiques se reliaient plus étroitement encore, plus profondément, aux changements qui s'accomplissaient dans les consciences. À quelques signes, on aperçoit qu'ils avaient débuté avant 1100. Ils se poursuivent très rapidement après cette date, entraînés par la torrentueuse poussée de croissance qui emportait alors la civilisation européenne. L'attention des hommes de culture ne se détournait pas du texte de l'Ancien Testament ni de l'Apocalypse, mais elle tendait à se fixer plus assidûment sur celui de l'Évangile, des épîtres de Paul, des Actes des Apôtres, et cette inclination s'accentua lorsque les premiers croisés revinrent de Palestine où ils avaient mis leurs pas dans les pas de Jésus. Nourrie du récit évangélique et des souvenirs du voyage de

Jérusalem, une réflexion sur l'humanité du Christ s'établit désormais au centre de la pensée des gens d'Église. Elle fit s'élargir dans leur esprit – et dans l'art figuratif – la place occupée par la Mère de Dieu. Ils s'accoutumèrent à extraire de l'irréel la figure de Jésus, à reconnaître sur son visage les traits de l'homme quelconque. Ils s'identifièrent eux-mêmes à ses premiers disciples. Le modèle de la vie apostolique s'imposa à tous ceux qui entendaient servir Dieu de leur mieux.

Les évêques et les chanoines qui les assistaient dans la cathédrale prirent plus nettement conscience que, successeurs des apôtres, leur mission première était de répandre la parole, de travailler, eux qui venaient de réformer leurs mœurs, à réformer celles des laïcs, de guider vers le bien la société chrétienne tout entière. Pour enseigner, il leur fallait apprendre eux-mêmes, et former ceux qui les assistaient dans cette tâche, à mieux organiser un discours, à mieux connaître aussi le réel et les ressorts du cœur humain. Les exigences de la pastorale amplifièrent la fonction des écoles cathédrales. Toutes se développèrent. Mais comme il devenait plus aisé de circuler, les clercs soucieux d'en savoir plus se dirigeaient vers les cités où se trouvaient les meilleurs maîtres et des livres en plus grand nombre. Ainsi débuta la concentration des études en quelques lieux privilégiés où l'on poussait plus avant la lecture et le commentaire des classiques latins, de Cicéron, de Lucain, d'Ovide, des textes philosophiques de Boèce et de Porphyre et de ceux, traduits de l'arabe dans les bibliothèques de l'Espagne reconquise, par quoi une part de la science grecque commençait de se dévoiler. Les exercices scolaires, le travail sur le sens et l'agencement des phrases, l'apprentissage du raisonnement rigoureux avivaient chez ces prêtres le désir de lucidité devant le spectacle du monde. Lorsque, devenus chanoines ou évêques, il leur incombait de conduire le chantier de leur cathédrale, ce qu'ils avaient appris leur servait à dresser plus logiquement les plans des nouveaux édifices et les préparait aussi à réduire la part de l'abstraction et de l'irrationnel dans le décor figuratif. En particulier, dans les figures qu'ils décidaient de placer sur les façades, à la vue de ceux qui ne savaient pas lire, comme une transposition visuelle de leur savoir. Ils commandaient aux sculpteurs, aux peintres d'exposer au cœur de la ville, en ce point de confluence des peuples, comment on se représentait maintenant dans l'école les relations entre le Créateur et les créatures, donc de présenter l'image d'un Dieu fait homme, semblable à chacun de nous par la chair qu'il a revêtue, de le montrer proche des hommes, imitable, tel qu'il avait vécu, dans le quotidien, au milieu d'eux.

Jésus avait appelé ceux qui l'écoutaient à ne plus se satisfaire des gestes rituels, mais à se sauver eux-mêmes en conformant leur conduite aux préceptes simples qu'il énonçait. La nouvelle pastorale fit s'intérioriser peu à peu le christianisme. Les fidèles furent exhortés, pour se délivrer de leurs péchés, à les avouer à leur confesseur, donc à voir plus clair en eux-mêmes. À s'approcher de Dieu personnellement par la prière et par les œuvres. À ne plus se décharger du soin de leur âme sur des intermédiaires. On leur enseignait que la rédemption ne s'obtient pas par le pouvoir miraculeux d'une relique ni par le faste des liturgies, mais par cet amour, cette pénitence dont Marie Madeleine montrait l'exemple, par un abandon et par un effort individuels. C'était mettre en cause la fonction que remplissaient les moines, inciter à réduire les aumônes dont les monastères avaient si abondamment profité. L'art monastique fut ainsi dépouillé d'une large part de ses moyens.

Le XIIe siècle, pourtant, ne put encore se passer des moines. Du moins les voulut-il moins arrogants, montrant l'exemple de l'humilité et du mépris des richesses. Or, de lui-même, le monachisme se transformait. Il acceptait de se soumettre au contrôle des évêques. Revenant, lui aussi, aux origines, il rectifiait les déformations que la règle avait subies. Ce retour aux sources fut favorisé par le resserrement des liens avec le sud de l'Italie et l'Orient méditerranéen, où les usages primitifs s'étaient conservés dans les communautés de rite grec.

Ces usages imposaient aux religieux de se retirer dans le désert pour y vivre dans une complète abstinence. Les nouvelles congrégations qui se formèrent en Occident se replièrent donc dans la solitude et le silence, loin de l'agitation des villes et des routes, et les hommes qui s'y convertissaient renonçaient à tout, notamment aux somptuosités dont les Clunisiens paraient les exercices de la liturgie. Tourmentée par l'invasion de l'argent et la montée de toutes les convoitises, la société nouvelle vénéra ces adeptes de l'érémitisme et du dénuement, ce qui explique le succès de la Chartreuse, celui, éclatant, de l'ordre de Cîteaux. Par centaines, les abbayes cisterciennes parsemèrent l'Europe, toutes construites dans le même esprit, sur des plans analogues, et dans une égale volonté de rectitude. Ces maisons, en effet, formaient une seule famille, réunie par des liens plus stricts encore que ceux qui rassemblaient les filiales de Cluny.

C'étaient de solides bâtisses de pierre, car les moines qui vivaient là en communauté se voulaient rigoureusement fidèles aux préceptes de la règle bénédictine. Mais leur propos d'ascétisme dépouillait de tout ornement superflu ces édifices. Leur beauté ne tient qu'à la noblesse du matériau brut sous le parcours régulier de la lumière et dans le parfait équilibre des volumes. Le même souci d'imiter les premiers Pères, de vaincre l'orgueil, de se dégager des vanités, la volonté de se détourner des illusions de l'apparence afin de mieux entendre la parole de Dieu, imposaient aussi d'en bannir les images. Les Cisterciens les jugeaient utiles à l'enseignement des pauvres. Quant à eux, tendus dans leur quête obstinée d'une fusion totale avec l'Esprit, ils les refusaient, reprenant la condamnation portée contre toute figuration par les fidèles de la primitive Église et par les hérétiques de l'an mil.

1160-1320

Au XIIIᵉ siècle, l'Europe se dilate encore. À l'extrême Nord, les dernières peuplades païennes sont lentement gagnées au christianisme. Des migrants repeuplent dans la péninsule Ibérique les espaces libérés de la domination musulmane. D'autres, partis des pays flamands, de la vallée du Rhin, de la Franconie, de la Bavière, colonisent à l'Est les territoires en grande partie vides soumis aux princes slaves. Dans l'Espagne de la Reconquista et dans tout l'Orient méditerranéen, les opérations de pillage légitimées par la guerre sainte alternent encore avec les échanges paisibles : la multitude de reliquaires et de parures que les croisés rapportèrent en 1204 du sac de Constantinople a marqué plus fortement, en tout cas plus brusquement, l'évolution des formes artistiques que l'avaient fait pendant des siècles les objets précieux qu'importaient par cargaisons légères les trafiquants d'Amalfi et de Venise. Le négoce cependant prend désormais résolument le pas sur la razzia, alors que s'améliorent les techniques de la navigation et du crédit et que s'intensifie l'activité de ces « compagnies » d'affaires où des cousins mettaient en commun pour l'aventure marchande ou bancaire leur épargne et leur courage.

Ce ne sont plus des guerriers mais des marchands qui frayent la voie aux missionnaires et aux savants qui, établis à Chypre et dans les échelles du Levant, s'emploient à traduire directement du grec les traités des philosophes, et de l'arabe ceux des algébristes et des cosmographes. Depuis les postes les plus avancés du commerce maritime, depuis la Crimée, la mer d'Azov, depuis Trébizonde – comme, vers l'Océan, depuis les ports espagnols et portugais –, l'expansion européenne franchit maintenant les bornes de l'Ancien Monde. Vers 1260, sur le chemin des émissaires que le roi de France a naguère dépêchés vers le khan des Mongols, des Italiens se risquent dans l'Asie profonde. Marco Polo et ses frères poussent jusqu'en Chine; quelques-uns de leurs compatriotes s'y installent; récemment, dans les décombres des anciennes murailles de Pékin, on a découvert les pierres tombales que sur leur commande des sculpteurs chinois se sont évertués d'orner à la manière gothique. Par l'intermédiaire de ces aventuriers, quelques Européens commencent à s'apercevoir que les extrémités du monde ne sont pas toutes peuplées de monstruosités cruelles et que l'ordre, la richesse, le bonheur peuvent régner, sous de sages monarques, dans des contrées qui ne sont pas chrétiennes.

Au XIIIe siècle, l'Europe surtout se remplit d'hommes. Les terroirs anciens s'élargissent, d'autres se forment au milieu des friches. Ainsi les vastes étendues solitaires qui faisaient obstacle aux communications se résorbent. La campagne européenne s'est créée au cours du XIIe et du XIIIe siècle. Elle prit alors les aspects que nous lui voyons encore. Dans une réflexion sur l'histoire des arts européens, ne faut-il pas faire place à cette œuvre d'art, immense et diverse, que constituent les paysages? Quatre, cinq générations de laboureurs, de viticulteurs les ont construits. Ils remplissaient inconsciemment les fonctions que les intellectuels assignaient en ce temps à l'homme nouveau : parachever l'ouvrage du Créateur, mettre en valeur le jardin d'Éden, s'aider pour cela de la raison, reflet dans l'être humain de la sagesse divine. Le plan orthogonal des villages neufs témoigne de cet effort patient pour domestiquer la nature, réduire ses exubérances, pour débroussailler, élaguer, rectifier, ce que les Cisterciens les premiers avaient entrepris de faire dans leurs exploitations modèles, et de la manière même dont les tailleurs d'images s'appliquaient sur les chapiteaux des cathédrales à ramener à des formes simples, claires, ordonnées la fantaisie débridée des feuillages. Toujours plus densément, plus solidement implantée sur son sol, la paysannerie fut le môle contre quoi vinrent butter au milieu du XIIIe siècle, en Hongrie, en Pologne, les hordes mongoles et grâce auquel l'Europe, seule région du monde à jouir de ce privilège, échappa dorénavant aux invasions destructrices.

Plus nombreux, ces hommes produisaient davantage, et comme ils n'étaient pas encore trop nombreux, leur niveau d'existence s'élevait. Ils pouvaient satisfaire plus généreusement le goût de l'ornement que partagent toutes les sociétés humaines. Beaucoup d'églises paroissiales furent alors rebâties; les maisons rurales prirent de la solidité, et le trousseau que l'on préparait pour le mariage des filles, plus d'éclat; jusqu'au fond des campagnes, des colporteurs trouvaient à vendre les objets de fabrication exotique dont ils s'approvisionnaient aux foires. Les paysans, en effet, parvenaient à garder pour eux un peu de l'argent qu'ils gagnaient en louant leurs bras et en écoulant au marché le surplus des récoltes. Dissimulant, rusant, ils faisaient front contre les exigences des collecteurs de taxes, des curés, des courtiers, des usuriers. Cependant, ces exigences se faisaient sans cesse plus pressantes, et le plus clair de l'argent retournait vers les villes. Dans la société urbaine le cercle s'étendait ainsi des hommes capables de se montrer magnifiques, de décorer leur existence et d'accomplir ce geste éminemment gratifiant : passer commande aux artistes. Parmi les promoteurs de la création artistique ne figuraient plus seulement des guerriers et des hommes de prières. S'ajoutaient les auxiliaires et les parasites de la puissance, les familiers des maisons nobles et des établissements religieux, les serviteurs de haut rang employés à gérer les affaires d'un patron, à ravitailler sa demeure et qui prélevaient largement leur part de la monnaie passant entre leurs mains. Ces importants s'efforçaient d'imiter leur maître, de vêtir leurs femmes aussi glorieusement que la sienne, de boire du vin. Ils voulaient aussi posséder des images. Groupés en associations, ils entreprenaient de bâtir, de décorer les édifices où ils se réunissaient pour débattre de leurs intérêts et pour prier ensemble. On découvre au cours du XIIIe siècle, de plus en plus nettes, les traces d'un art que l'on peut dire populaire, si l'on entend par là qu'il imitait pour une clientèle de moindre fortune, de moindre culture et cependant soucieuse d'ostentation, ce que des mains plus habiles façonnaient sur l'ordre des prélats et des princes dans un matériau moins vulgaire. L'aisance générale fit se propager de degré en degré à l'intérieur du corps social l'usage du bel objet :

sur le site des villages provençaux qui furent désertés au XIVe siècle, on recueille les débris de ces poteries d'imitation andalouse que d'infimes potentats locaux, le prévôt du seigneur, le prêtre de la paroisse, le riche fermier exhibaient avec fierté devant leurs hôtes.

À la fin du XIIe siècle, les hommes d'études qui s'interrogeaient sur les facultés humaines et qui s'efforçaient de les classer faisaient place, auprès des arts libéraux, aux arts qu'ils disaient « mécaniques ». Sans doute situaient-ils les ouvrages des mains très en contrebas des ouvrages de l'esprit. Mais ils sentaient la nécessité de célébrer désormais non seulement le progrès saisissant des techniques, les perfectionnements de l'outillage, la diffusion des treuils, des ressorts, des moulins, de toutes les machines aidant l'homme à mieux dominer la matière, mais encore la valeur du savoir-faire, du tour de main, l'aisance à tirer profit de toutes les aptitudes du bois ou de la laine, de la pierre ou du métal, à discerner parmi les couleurs, avec autant de finesse qu'un musicien, les tons et, avec autant d'élégance que les virtuoses du débat dialectique, à ajuster exactement la forme à la fonction tout en lui conférant de la grâce. Ils constataient en même temps l'émergence d'une sorte d'aristocratie du travail manuel. Ils voyaient dans les grandes cités se multiplier les ateliers où prenait corps l'œuvre d'art. Ces lieux de production où, de même que dans les exploitations agricoles, quelques compagnons travaillaient sous la direction d'un chef de famille s'étaient lentement dégagés durant les décennies précédentes des domesticités princières. Ils prospéraient. Entre eux, le travail tendait à se diviser à l'extrême. Dans le dessein d'atteindre à la perfection du fini, il semblait utile, en effet, de répartir chacune des phases de la fabrication entre des spécialistes rompus à l'exécution de certains gestes, à l'élaboration de certains matériaux.

Un tel émiettement des métiers ne favorisait guère l'innovation. Pas plus que l'organisation de chacun d'eux en groupement de défense mutuelle : au sein de ces confréries, les patrons s'interdisaient toute forme de concurrence, d'émulation au nom de l'amitié fraternelle. L'innovation jaillissait donc ailleurs, dans les ateliers que les dirigeants de l'Église et les plus hauts seigneurs prenaient pour un temps à leur service, les incorporant à leur maisonnée tant que durait l'exécution de la commande. Après quoi, le chef d'entreprise passait dans la maison d'un autre patron. Les équipes de cette sorte étaient évidemment les plus habiles. Elles rivalisaient entre elles, à l'affût de procédés nouveaux, de formules nouvelles. Les carnets de Villard de Honnecourt – était-il architecte ? orfèvre ? l'un et l'autre peut-être – témoignent de cette curiosité en même temps que d'une propension, analogue à celle des logiciens, des théologiens, à traiter par les rigueurs de la rationalité l'expérience et la perception des choses. Ils attestent aussi que les meilleurs ateliers, dont la renommée se répandait comme celle des champions des tournois, se déplaçaient, libérés des contraintes corporatives, dégagés des routines, d'un bout à l'autre de l'Europe. Au XIe, au XIIe siècle, ce qui fait l'unité de l'art européen s'explique en partie par l'extension des pèlerinages et par la cohésion des congrégations monastiques ; au XIIIe siècle, par la mobilité des maîtres d'œuvre. L'explique aussi la mobilité des objets d'art, des statuettes, des bijoux, des livres ornés d'images. Sur eux se réfractaient les innovations esthétiques dont de plus imposants ouvrages étaient le lieu. Ils contribuaient à les propager, car ils commençaient en ce temps d'entrer dans le commerce.

L'unité de l'Europe et des formes artistiques en Europe fut aussi l'effet de la concentration des pouvoirs. Après trois siècles de désintégration, de dissociation féodale, l'animation des échanges, la fluidité de l'instrument monétaire, l'affermissement des règles de droit et la diffusion de l'écriture la rendaient de nouveau possible. La concentration des pouvoirs temporels toutefois ne fut pas totale. Quelles que fussent les prétentions des rois d'Allemagne, détenteurs de la dignité impériale, et la réelle puissance d'un Frédéric Barberousse ou d'un Frédéric II, l'image du peuple chrétien tout entier rassemblé sous la conduite de l'empereur, seul guide, demeurait reléguée dans le domaine des nostalgies. Sans doute existait-il, au croisement des principaux itinéraires terrestres, en plein milieu de ce grand marché qu'était devenue l'Europe, où les idées et les façons de faire circulaient aussi aisément que les marchandises et la monnaie, une formation politique plus vaste, plus vigoureuse que toutes les autres : c'était le royaume de France. Et depuis Paris, devenu sa vraie capitale, se diffusaient à travers tout l'Occident les manières de se bien tenir en société, de bien parler, de courtiser, de combattre dans l'honneur, d'édifier sur cette terre, par l'accord de la polyphonie et de l'architecture, de moins imparfaites préfigures des perfections célestes. Pourtant l'Europe demeurait divisée en principautés de toutes tailles. Elles se renforçaient, elles se jalousaient. Prenant appui sur les rudiments de bureaucratie qui se mettaient alors en place, la construction de l'État moderne débutait en ordre dispersé.

Alors que le pouvoir spirituel, lui, se concentrait pleinement. Si l'Europe apparaît au XIIIe siècle plus étroitement réunie qu'elle ne le fut jamais, elle le doit principalement à la cohésion de l'institution ecclésiastique. Au cours des décennies précédentes, dans la poursuite de l'entreprise réformatrice, l'Église était devenue une monarchie, la mieux charpentée de toutes, car elle s'appuyait sur la pratique d'une langue unique, le latin, et sur la formation identique que recevait la multitude de ses serviteurs. L'idée s'était imposée que l'Église s'identifiait à la chrétienté et que celle-ci n'était autre que le corps du Christ. Ce corps ne pouvait avoir qu'une tête, c'était l'évêque de Rome, le successeur de saint Pierre, à qui Jésus avait remis le pouvoir de lier et de délier. Le sacré étant partout, l'autorité du pape, « chef et fondement de toute chrétienté », s'insinuait de toutes parts, au nom du dogme et de la morale, jusque dans l'intimité de tous les rois, de tous les princes, de quiconque détenait la moindre parcelle de puissance. Lorsque, en 1198, le jour de son couronnement, Innocent III, coiffé de la tiare, « signe d'empire », affirmait que « le souverain pontife tient le milieu entre Dieu et le genre humain », il revendiquait beaucoup plus que l'héritage d'Otton, de Charlemagne, de Constantin. Et pour soutenir cette revendication, tirant parti des rigueurs croissantes du jeune droit féodal, il tentait de s'établir au sommet d'une pyramide d'hommages, pressant tous les autres monarques de se reconnaître les vassaux de saint Pierre et, l'un après l'autre, de reprendre de celui-ci leur principauté en fief.

Les restes de saint Pierre reposaient dans Rome; son mandataire, le pape, était évêque de Rome, et chacun des cardinaux qui constituaient autour de lui sa cour, la curie, était le responsable attitré d'une des églises de Rome. Rome cependant ne fut pas, au XIIIe siècle, la capitale de cet État centralisé qu'était l'Église. Il n'en eut pas. Démesurée, la Ville, où des bandes de guerriers nichés dans les plus compacts des monuments antiques se livraient à tout moment bataille, était périodiquement la proie du désordre. Le pouvoir pontifical ne put s'y implanter durablement. Le souverain pontife circulait à travers l'Occident; selon la formule qui fut alors forgée, « où se trouvait sa personne, se trouvait Rome ». Et comme, d'une part, les techniques de la fiscalité et de la banque étaient encore trop frustes pour que le pape et les cardinaux pussent largement puiser dans les surabondantes richesses de l'Église, comme, d'autre part, ils s'imposaient une austérité cistercienne, ils n'exercèrent pas un mécénat à la hauteur de leur puissance. Quand on évoque l'art du XIIIe siècle, ce n'est pas Rome qui vient à l'esprit, ni les monastères, ni les palais des princes. Ce sont les cathédrales. Des monuments dispersés dans la chrétienté.

Depuis que la papauté réformatrice avait restauré l'épiscopat, la cathédrale constituait l'assise du pouvoir ecclésiastique. C'était la pièce maîtresse d'un système d'enseignement et de coercition destiné à réaliser enfin l'unanimité du peuple fidèle afin de le conduire au salut. À toute force, malgré lui. Le détournant de ces pratiques religieuses immémoriales, que les prêtres appelaient superstitions. Contenant les divagations des âmes inquiètes. Luttant contre toutes les déviances. Les armatures de ce système étaient en place. C'étaient celles de l'Empire romain, un réseau de cités, dominant chacune un territoire. Dans chaque cité s'élevait une cathédrale, et celle-ci apparaissait naturellement comme la source du pouvoir. Non seulement d'un pouvoir de juridiction sanctionnant tout manquement aux devoirs du chrétien, mais d'un autre pouvoir, mystérieux, celui des sacrements.

Le sacrement est un signe. Un ensemble de gestes et de paroles rituels par quoi est communiquée la grâce, c'est-à-dire la force permettant de se délivrer du mal, d'échapper à la damnation. Au cours du XIIe siècle, les docteurs avaient fixé le nombre des sacrements, médité sur ce qui les rend efficaces. Tous émanaient de la personne de l'évêque. Celui-ci, chaque année, de ses mains, par le sacrement de confirmation, introduisait dans la communauté des adultes les jeunes chrétiens du diocèse dont s'achevait l'apprentissage. Par le sacrement de l'ordre, il créait son clergé, il engendrait les auxiliaires qui l'aideraient à répandre les autres sacrements, il investissait les prêtres du pouvoir de transmettre à leur tour la grâce, ce pouvoir dont le sacre l'avait lui-même imprégné. Il les plaçait dans les paroisses, où les fidèles se trouvaient encadrés, surveillés de plus en plus strictement à mesure que le tissu social se resserrait, que la population devenait plus dense dans les campagnes et dans les villes. Dans chaque paroisse, le curé distribuait le sacrement du baptême, celui de l'extrême-onction. Se substituant au père de famille, il prononçait maintenant les formules qui unissent les époux. Après bien des réticences, en effet, le mariage avait pris place parmi les sept sacrements. Bénissant les épées, les prêtres s'étaient emparés de cet autre rite de passage, l'adoubement, si bien que la chevalerie passait, elle aussi, pour un sacrement. Toutes les cérémonies d'initiation qui, successivement, de la naissance à la mort, scandaient l'existence de chaque paroissien se trouvaient ainsi sous la coupe de l'évêque et, par délégation, du clergé. Toutefois, c'était principalement par le sacrement de l'eucharistie et par celui de la pénitence que l'Église appesantissait son contrôle sur les consciences. L'eucharistie, qui vint en ce temps s'établir au centre de tout le système symbolique du christianisme, les craintes, les désirs, les espoirs se tournant vers l'hostie, cet objet qu'il fallait à la fois montrer et protéger, et les artistes furent appelés à organiser en fonction d'elle l'espace intérieur des lieux de culte, à aménager les formes des tabernacles, des ostensoirs, des custodes. La pénitence, c'est-à-dire l'obligation de débusquer périodiquement, anxieusement, méticuleusement, avant de les avouer, des péchés rigoureusement répartis entre mortels et véniels au sein d'une hiérarchie minutieuse. En 1215, le quatrième concile du Latran imposa aux fidèles de communier au moins une fois l'an et de s'y préparer par la confession.

Le strict quadrillage paroissial et cette inquisition permanente dont les curés étaient chargés ne suffisaient pas. Dans l'effervescence de tous les progrès, il était nécessaire de maintenir l'unité de l'action, donc de la doctrine, et, par conséquent, celle de l'enseignement dans les écoles épiscopales où les prêtres étaient préparés à bien parler, à trouver les mots qui convainquent et à ne pas eux-mêmes dévier. Tandis que les juristes au service du Saint Siège développaient la théorie réservant au pape cette « plénitude de la puissance » qui l'autorisait à tenir l'épiscopat étroitement rassemblé sous sa houlette, une hiérarchie s'introduisait dans le système scolaire. Des ateliers d'« études générales » étaient fondés, et l'effort de centralisation aboutit à la constitution d'un seul pôle où des chercheurs de toutes nations travailleraient ensemble à étayer le dogme. La curie romaine voulait surveiller de près les maîtres et leurs disciples qui, au terme d'un long parcours propédeutique, accédaient à l'étude de la science divine, de la théologie ; pour cela, elle les aida à se rassembler dans une sorte de corporation, l'« université ». Ce point central se fixa dans Paris. S'il y eut au XIIIe siècle une capitale de la chrétienté, ce fut cette cité où se concentraient les instruments du savoir, où tous les évêques d'Europe, tous les papes passèrent une longue partie de leur vie à étudier, à discuter, à enseigner eux-mêmes avant de prendre leurs fonctions. Un creuset où fusionnaient les particularismes. C'est là que prirent naissance, uniformes, les manières de prier, de penser. Les modes aussi de bâtir, de décorer. En effet, tout naturellement, les avant-gardes de la recherche esthétique s'établirent dans Paris en étroite liaison avec celles de la recherche théologique. Le chantier d'une nouvelle cathédrale s'était ouvert en 1163. Aussitôt convergea vers lui ce qu'il y avait de plus audacieux dans les projets des maîtres d'œuvre qui, depuis quelque temps, travaillaient dans les cités d'Île-de-France, et deux décisions furent successivement prises sur ce chantier, téméraires, décisives : celle, vers 1180, d'élever les voûtes d'un tiers plus haut que prévu, grâce au perfectionnement des arcs-boutants ; celle, vers 1250, de remplacer sur les parois du transept la pierre par le verre coloré d'immenses rosaces. L'Europe entière adopta ces formules.

Car, dans une émulation vivace, chaque cité entreprenait de rebâtir sa cathédrale, la voulant plus glorieuse, plus vaste encore, plus haute, plus lumineuse que les voisines. Ces monuments étaient la fierté de la ville. Leur floraison témoigne de la prospérité urbaine, témoigne aussi de la mauvaise conscience des enrichis qui pensaient se racheter en offrant pour la rénovation de l'église-mère une part de leurs gains. Elle témoigne surtout de la puissance et de l'orgueil des dirigeants de l'Église séculière. Nous avons peine aujourd'hui à nous représenter ce qu'il y eut d'audace, de démesure dans les plans qui furent alors dressés, comme à prendre conscience de l'énormité des sommes qui furent dévorées de Burgos à Trondheim, d'York à Pécs, et jusqu'à Nicosie, à Famagouste, dans la poursuite de travaux interminables. Ceux-ci traînèrent presque toujours durant des décennies. Parfois, ils s'arrêtèrent à mi-chemin. Mais enfin la plupart des projets furent, en grande partie au moins, réalisés même si, comme à Reims, certaines bourgeoisies se révoltèrent, refusant de supporter plus longtemps des charges excessives, et forcèrent à les interrompre un moment. Dominant de tout son haut le tas de masures qui formait la ville, la cathédrale donnait à voir le pouvoir souverain dont le corps ecclésiastique se jugeait investi. Que ce fût l'une de ses fonctions et non la moindre, un fait le prouve : l'empressement que l'on mit à édifier, en signe de victoire de la foi et du dogme catholique, des églises semblables à celles du nord dans les cités épiscopales du sud du royaume de France dont l'hérésie cathare venait d'être extirpée par les armes, le bûcher, et par la prédication.

Les chanoines laissaient au peuple une part de la cathédrale mais restreinte : l'édifice leur appartenait. Ce sont eux qui en conçurent les structures. Ces savants découvraient les uns après les autres les traités d'Aristote et leurs commentaires arabes. Ils s'employaient fébrilement à perfectionner les outils du raisonnement logique. Persuadés que la création est une comme Dieu est un, ils s'évertuaient pour comprendre Dieu à mettre en évidence l'ordre du monde. « La nature divine, enseignait Thomas d'Aquin, conserve toutes les choses selon une convenance sans confusion, de manière que toutes soient coordonnées dans une cohérence concrète », et Dante, un peu plus tard, affirmait que tout est en ordre au sein d'une forme générale qui rend l'univers sensible semblable à Dieu. Appliqués à ordonner leurs connaissances et leur enseignement au sein de cette « cohérence », de cette « forme générale », les maîtres de l'école, lorsqu'ils arrivaient au terme de leurs analyses et de leurs débats, construisaient, tout compte fait, ce qu'ils nommaient la somme. *Summa* : voici l'un des mots qui conviendraient le mieux à désigner les cathédrales rénovées. Elles sont la projection visuelle de cette recherche de l'unité que poursuivait alors la scolastique.

L'évêque et son chapitre abandonnaient l'exécution du projet à des spécialistes, « docteurs ès pierres »,

« architectes », comme on se mit à les nommer au milieu du XIIIe siècle, au moment où leur personnalité s'affirmait, où ils osaient signer de leur nom le monument. Mais les chanoines suivaient de très près les travaux. Du fait de cette collaboration intime, les formes de la cathédrale reflètent à la fois les progrès techniques dont les chantiers, avec ceux des forteresses, furent alors le lieu, qu'il s'agisse du perfectionnement des échafaudages et des mécanismes de levage ou de la préfabrication des pierres de parement, et les progrès dans les milieux scolaires des démarches de l'intelligence. Au premier tiers du XIIe siècle, lorsque Suger concevait le chevet de Saint-Denis, les hommes d'études étaient déjà capables d'intégrer dans un ensemble des éléments conceptuels distincts : conserver dans l'esprit les différentes données du problème jusqu'à la solution, Abélard définissait alors de la sorte dans son *Éthique* l'un des aspects les plus modernes de sa méthode. Et si dans l'école on apprenait encore surtout quoi penser, maîtres et disciples, comme le fait remarquer Charles Radding, s'efforçaient aussi d'apprendre comment, et de plus en plus rationnellement, penser. Aussi, deux générations plus tard, dans les années quatre-vingt du XIIe siècle, les chanoines étaient-ils devenus capables de mener conjointement analyse et synthèse, de mettre en forme, en même temps que le plan général d'un discours, chacun des arguments appelés à y prendre place. Une telle aptitude aida à conférer peu à peu à l'architecture de la cathédrale cette cohésion, cette unité répétitive, implacable, cette rectitude, cette rigidité de fugue ou d'épure qui saisit le regard de qui pénètre dans son intérieur.

Cet espace interne, les membres du chapitre cathédral le voulurent enlevé vers le ciel comme la psalmodie qu'ils chantaient en ce lieu tous ensemble d'heure en heure à la manière des moines. Ils le voulurent surtout translucide. Dialecticiens et théologiens étudiaient attentivement les lois de l'optique. Ils étaient, en effet, convaincus que le rayon lumineux, véhicule de l'amour, est de toutes les choses créées celle qui unit le plus étroitement l'homme à Dieu. Lorsqu'il rebâtissait entre 1130 et 1140 l'abside de l'abbatiale, Suger avait pris pour guide la *Théologie mystique*, ce traité attribué à Denys l'Aréopagite dont le monastère de Saint-Denis croyait conserver les reliques. Selon Denys, le divin est le foyer incandescent d'où toute ferveur rayonne et vers quoi tout désir revient se consumer. Suger avait donc invité les constructeurs à mettre tout en œuvre pour que le nouveau chœur « resplendît d'une merveilleuse lumière ininterrompue ». Au XIIIe siècle, les propositions de Denys, conjointes au préambule de l'Évangile de Jean, exerçaient toujours la même fascination sur la pensée d'un Robert Grosseteste, d'un Thomas d'Aquin, d'un Bonaventure, de tous les docteurs, et le mot lumière se répercutait de texte en texte. Les chanoines appelèrent donc les maîtres d'œuvre à utiliser toutes les recettes du métier de manière à évider les parois de la cathédrale jusqu'à les annuler, à réduire l'édifice à de simples nervures afin que la lumière s'y répandît, comme l'avait voulu Suger, « sans interruption ». Et pour que cette lumière devînt « merveilleuse », ils la transfigurèrent, comme l'avait fait Suger. Par les prestiges du vitrail. Sur les vitraux, des « légendes », des vies de saints furent mises en images pour l'édification des fidèles. En vérité, les séquences de ces récits s'évaporent, elles se dissolvent dans le chatoiement, un enchantement coloré qui se veut transfert vers les splendeurs de la surnature. Car la vraie leçon que les verrières entendaient donner était celle d'un passage, de la transmutation du charnel en spirituel. Elles figuraient les clôtures éblouissantes de la cité de Dieu. Elles invitaient l'âme contemplative à les franchir, à se laisser emporter par leur mouvement, ascendant ou circulaire, à participer ainsi à la dynamique mystérieuse qui constitue la substance de l'univers. Dans l'« émanation des créatures », Thomas d'Aquin décelait une « circulation ou respiration, du fait que les êtres reviennent comme à leur fin vers ce dont ils procèdent comme de leur principe ». D'un tel élan, que les théologiens nommaient charité, en quoi ils voyaient l'agent de l'unité du cosmos en même temps que de l'adhésion unanime sur quoi reposait la puissance de l'Église, les grandes roses qui, passé le milieu du XIIIe siècle, s'épanouirent entre les contreforts des cathédrales proposent une représentation, au plein sens de ce mot, splendide.

À l'intérieur, l'image, sur le vitrail, devenait immatérielle jusqu'à disparaître dans l'effervescence des irradiations. En revanche, elle prenait à l'extérieur, sculptée, toujours plus de présence et de force persuasive. Cela par un recours délibéré aux artifices de la scénographie, en un temps où dans les cités, devant les portes de l'église-mère, se développaient pour l'instruction du peuple les paraliturgies qui sont à l'origine de notre théâtre. L'intention des concepteurs de la cathédrale était, en effet, de monter en spectacle les vérités dont ils s'approchaient par la méditation et le raisonnement, de donner à voir ce que le chrétien doit faire pour bien se conduire et être sauvé. Recouvrant les façades jusqu'en leur sommet, s'accumulant dans la cavité des porches creusée pour abriter les cérémonies profanes que les prêtres avaient prises sous leur contrôle, l'image changea de fonction. Au tympan de Moissac, de Vézelay, au portail royal de Chartres encore, elle était épiphanie, révélation de l'invisible. Devenue l'instrument d'une pédagogie, elle développait maintenant, à la manière des sommes théologiques, une explication claire, logique, totale de la création et de la condition humaine. Elle enseignait principalement l'histoire du salut, elle en racontait les épisodes successifs, insistant, face à la contestation hérétique, sur ceux qui démontrent la réalité transcendante de l'incarnation, de la rédemption par la croix, de la royauté du Christ, et qui exhibent du même coup les pouvoirs de l'Église, son épouse, que, sous les apparences de sa Mère, il couronne de sa propre main. L'effet de distanciation qui résulte de toute mise en spectacle maintenait dans un autre monde, hors de toute atteinte, les acteurs de ce jeu scénique, Adam et Ève, les prophètes, Jésus, Marie, les apôtres, les saints protecteurs. Néanmoins, pour toucher les spectateurs, ces personnages devaient paraître vrais, vraiment vivants, il importait que, mesurés, retenus, leurs gestes semblent vrais, que des sentiments vrais se marquent sur les traits de leur visage. Ce souci de vérisme porta à dégager du mur les figures sculptées, donc à ressusciter la statuaire monumentale.

À l'orée du XIIIe siècle, des voix s'élevaient à Paris dans le chapitre cathédral, affirmant au nom de l'humilité, de la sainte simplicité et de la charité, qu'il eût mieux valu distribuer parmi les pauvres l'argent dépensé pour décorer Notre-Dame. C'était le moment même où, sur le versant méridional de l'Europe, dans le Languedoc et dans l'Italie des communes, les ordres mendiants prenaient naissance.

Mendier, ne plus rien posséder, vivre d'aumônes, choisir la pauvreté totale, celle des Apôtres, celle des immigrants entassés dans les faubourgs, le propos était une réponse à l'hérésie, c'est-à-dire aux frustrations des laïcs. Les Dominicains lui répondirent par la réforme d'une institution existante : Dominique était chanoine, ses compagnons le furent aussi, mais, pour combattre sur leur terrain les hérétiques, pour désarmer les critiques innombrables qui jugeaient l'Église trop riche et trop orgueilleuse, ils changèrent complètement leur façon de vivre et de remplir leur office. Quant aux Franciscains, ils proposaient de mener une existence plus pure, plus dépouillée que celle des Parfaits des sectes déviantes, mais dans le respect de l'autorité ecclésiastique : François d'Assise était un laïc et le resta ; comme Pierre de Lyon, le fondateur de la secte vaudoise, il voulut appliquer strictement les préceptes qu'il avait lus dans l'Évangile ; la différence est qu'il ne fut pas, comme Pierre l'avait été vingt ans plus tôt, rejeté par l'Église, car il ne cessa jamais d'honorer les prêtres. Triomphante et mieux avisée, la papauté sut utiliser Dominique et François, les incorporer au système. Les fraternités itinérantes qu'ils avaient fondées devinrent des ordres, enregimentées au service de l'unité doctrinale.

Les Frères prêcheurs, les Frères mineurs, de même que les Carmes et les Augustins, deux autres ordres constitués dans un esprit semblable, étaient des religieux, mais ils n'étaient pas des moines. Ils ne s'écartaient pas du monde, ils s'y plongeaient, au plus vif des bouillonnements de la vie charnelle, dans les villes, ces Babylones que saint Bernard avait fuies. Non seulement dans les vieilles cités, dans toutes les agglomérations en croissance. En ces lieux d'où jaillissaient tous les progrès et qu'infectaient les corruptions, ils reçurent mission d'épauler le clergé, de le relayer afin de convertir à la pénitence l'aile marchante du peuple. Ils le firent en portant tout simplement témoignage, en se comportant comme l'avaient fait les disciples de Jésus, comme les miséreux qu'ils côtoyaient. Ils le firent en parlant autour d'eux, dans le langage de tous les jours. Les Dominicains, instruits dans les écoles, s'efforçant plutôt de convaincre, les Franciscains, plutôt d'émouvoir. Ils avaient d'abord vécu dans la rue, sans feu ni lieu. Lorsque, pour les tenir en main, les cardinaux qui les protégeaient leur enjoignirent de se fixer dans des couvents, par conséquent de bâtir, ils obéirent, mais sans trahir leur vocation de pauvreté. Les églises qu'ils firent construire aux quatre coins des villes, dans les faubourgs, sont faites pour la prédication. De simples halles dont l'intérieur est dégagé afin que rien ne s'interpose entre la chaire du prêcheur et les fidèles. Sur les façades, sur les murs intérieurs, sur les piliers, point de sculptures évidemment. Pourtant, les Mendiants, et d'abord sans doute les Franciscains, employèrent l'image. L'image, ou plutôt l'imagerie, simple, démonstrative, frappante, celle qu'utilisent en tout temps les propagandes en milieu populaire. Afin de prolonger l'effet de leurs paroles, ils sentaient la nécessité de placer en série, côte à côte, sous les yeux de ceux qui les avaient écoutés, les scènes du drame évangélique, ou bien celles de la vie de François, qui s'était identifié au Christ au point de recevoir les stigmates. Ils eurent recours à la peinture. Cet art est plus léger, moins dispendieux. Il se prête mieux à la démultiplication de l'image. À celle-ci, les Frères assignaient en effet un rôle complémentaire. Ils la jugeaient propre à favoriser dans l'intimité un dialogue direct entre le fidèle et Jésus. Le Crucifié ne s'était-il pas un jour penché vers saint François pour lui parler? Inventeurs d'une pastorale très efficace, les Mendiants furent les agents d'une vulgarisation précoce de l'image de piété. Ils auraient voulu la voir se répandre dans toutes les demeures.

Eux-mêmes, dès 1230, étaient partout. Dans l'université : la puissance pontificale les aida à la prendre en main. Dans la cour des princes : sous leur influence le roi Saint Louis changea du tout au tout sa manière de vivre. Dans les moindres recoins de la société urbaine : les tiers ordres et les confréries qu'ils dominaient s'y infiltrèrent. Ils purent ainsi, prêchant d'exemple un retour à l'Évangile, rénover de fond en comble le christianisme. Ils le refondèrent véritablement : ce qu'il en reste aujourd'hui parmi nous vient d'eux. Acteurs d'une reconversion radicale, bouleversante, ils inquiétèrent la curie romaine. Non sans raison. Le message même dont ces équipes ardentes étaient porteuses, leur façon d'agir par le sensible, de faire fond sur la responsabilité individuelle, ce ferment d'indocilité qui avait poussé Dominique et François à déranger les structures traditionnelles et qui n'était qu'assoupi, risquaient de les ranger du côté des contestataires.

Ceux-ci pullulaient. La théocratie et ses intentions oppressives se heurtaient, en effet, à une double résistance. La plus largement répandue, sinon la plus vive, émanait d'une culture profane qui prenait de la force à la faveur de la prospérité générale et de la diffusion du savoir. La prédication mendiante remuait certes profondément la société. Les pécheurs faisaient régulièrement pénitence. Mais, l'esprit plus ouvert, moins démunis, ils se jugeaient suffisamment libérés de leurs fautes par ces macérations périodiques, ils réclamaient le droit de jouir aussi des bonheurs terrestres. L'appétit de plaisir était stimulé dans la noblesse et la haute bourgeoisie par l'épanouissement vigoureux de la culture chevaleresque qui, foncièrement anticléricale, s'était forgée dans l'entourage des grands féodaux français, avant de s'imposer dans toutes les cours d'Europe. Par ailleurs, dans les écoles, les maîtres et leurs disciples s'attaquaient à tous les faux semblants; ils proclamaient, et de plus en plus haut, que la Nature, servante docile de Dieu, est bonne, qu'il est donc permis, en gardant raison, de s'abandonner à ses séductions sans craindre d'être damné. Parmi les sources de jouissances figurait en bonne place la beauté des formes. Au cœur de l'hédonisme du XIIIe siècle résident les germes d'une progressive désacralisation de l'œuvre d'art. Ces germes commençaient de se développer, discrètement, dans le cercle restreint des décideurs, responsables des grands programmes décoratifs. C'étaient encore pour la plupart des hommes d'Église, très pieux, très soucieux de plaire à Dieu. Ils n'en attendaient pas moins des sculpteurs, des orfèvres, des peintres qu'ils s'appliquent aussi à les charmer. Voici pourquoi, jusque dans les ornements des cathédrales, l'intention de sacralité fait insensiblement place à la recherche de la grâce, de l'élégance, aux jeux gratuits de la virtuosité, au brillant. Au clinquant déjà, et bientôt à la mièvrerie.

La résistance, d'autre part, vint de l'État revigoré. De ses maîtres, les rois et les princes, jaloux de leurs prérogatives. De ses serviteurs surtout, toujours plus nombreux, de mieux en mieux instruits, notamment dans le droit, le droit civil, construit sur celui de la Rome antique, et qui menaient contre l'envahissement de la juridiction ecclésiastique, contre la prétention des clercs de se mêler de tout au nom du sacré, une lutte tenace et finalement victorieuse. Les détenteurs du pouvoir temporel étaient sans doute plus conscients que jadis de ce qu'ils devaient à Dieu et à leurs sujets. Ils combattaient docilement l'hérésie, la mécréance. Ils partaient volontiers en pèlerinage. Ils s'imposaient les abstinences que leur dictaient leurs confesseurs. Touchés les premiers par la pastorale franciscaine, ils consacraient une part notable de leur temps à prier devant des images. Les princes aidaient toujours à bâtir et à décorer les églises. Notamment les cathédrales : s'ils s'étaient montrés moins munificents, elles se seraient élevées encore plus lentement. Ils revendiquaient toutefois davantage d'autonomie, que ce fût dans l'exercice de leurs dévotions ou dans celui de leur mécénat. Ils dépensaient donc de plus en plus pour décorer, non pas encore toute leur demeure, du moins le lieu où le culte était célébré spécialement pour eux et pour leur maisonnée. Telle la Sainte-Chapelle, dans le palais des rois de France, à Paris. C'est une châsse, préparée pour abriter la couronne d'épines, relique insigne que Saint Louis avait acquise très cher. Sans doute préleva-t-il quelques épines pour les offrir à divers établissements religieux. Mais il garda l'objet chez lui, en dépôt dans son oratoire privé, desservi par un clergé privé, comme le signe de cette royauté qu'il prétendait tenir directement du Christ Roi. La volonté d'indépendance de l'État à l'égard de l'appareil ecclésiastique trouve son expression artistique la plus précoce dans la chapelle. Un espace sacré, mais domestique.

C'est du moins ce qui se passe dans les régions de l'Europe où les souverains s'associaient pleinement aux liturgies de l'Église et vivaient entourés des prélats dociles dont ils avaient favorisé l'élection. Sur le versant méridional, la résistance se manifestait dans des formes plus hardies. Au Sud, en effet, où l'hérésie se montrait plus vivace, soutenue par une adhésion moins diffuse, une distinction s'établissait déjà, beaucoup plus nette qu'à Paris, à Cologne ou à Oxford, entre le sacré et le profane. Parce que, depuis toujours, le clergé s'était heurté là à ce qui, dans les manières de penser, de conclure des contrats, de s'adresser à Dieu, et jusque dans le paysage urbain demeurait présent d'une culture héritée de l'Antiquité romaine. Mais surtout parce que ce fonds romain se trouvait fertilisé par les apports de la civilisation arabe et des traditions juives, et par un ferment d'hellénisme, depuis que la chrétienté latine avait reconquis une part des provinces islamisées et depuis que les relations s'intensifiaient avec Byzance et le Proche-Orient. À Barcelone, à Salerne, à Pise, à Bologne, à Montpellier, un partage franc s'établissait entre le domaine de la spéculation, d'une part, et, d'autre part, les savoirs concrets, pratiques. On n'y étudiait pas seulement l'arithmétique et l'astronomie pour découvrir les harmonies cachées de l'univers, mais pour mieux tenir une comptabilité, pour dresser des horoscopes afin de mener plus utilement une politique. La médecine, l'agronomie jouissaient dans ces cités du même statut qu'en pays musulman, et la haute culture que recevaient les serviteurs de l'État reposait essentiellement sur le droit, sur la rhétorique et sur les sciences naturelles. Il s'ensuivait qu'en Castille ou en Sicile, si les princes étaient célébrés pour leur piété, ils l'étaient aussi, et peut-être d'abord, pour leur savoir et parce qu'ils veillaient à ce que les ornements de l'esprit, du langage, de l'architecture soient dédiés certes au service de Dieu, mais, pour une part aussi, au service de la cité.

Dans la seconde moitié du XIIIe siècle, les forces vives de l'Europe se déplacent lentement en direction de l'Italie. En Toscane, en Ombrie, en Romagne, en Lombardie, dans les communes où le droit romain constituait l'assise des institutions de paix, la fierté civique portait à relever le décor monumental, à dessiner les linéaments d'un urbanisme inspiré de l'antique, à aménager des places, à décorer des fontaines, à embellir le palais communal pour la gloire de la cité.

Et lorsque les magistrats décidaient de reconstruire le baptistère, ce n'était pas pour exalter le pouvoir de l'Église, mais pour ériger l'emblème de cet idéal de concorde et de solidarité confraternelle sur quoi se fondait l'État. Nulle part, cependant, la résistance à l'emprise cléricale ne fut plus vive que dans le sud de la péninsule, dans le royaume dont Frédéric de Hohenstaufen fit la base du Saint Empire une fois de plus restauré. Frédéric II stupéfia le monde parce qu'on le disait curieux de toutes les croyances, s'informant non seulement de la loi divine, mais des lois humaines et des lois naturelles, et parce qu'il se dressait plus violemment qu'aucun autre souverain contre le pape. Lequel précisément l'accusait, à juste titre, d'affirmer « que l'homme ne devrait rien croire qui ne puisse être prouvé par la force de la raison et de la nature ». Frédéric II vénérait les Cisterciens autant que son cousin Saint Louis. Mais lorsqu'il entreprit d'ériger dans Capoue une porte triomphale qu'il voulut ornée, sur le modèle de la Rome impériale, de son propre buste et de celui des principaux artisans de son pouvoir, il jetait les bases d'une dernière renaissance, la grande. Un demi-siècle seulement après sa mort, dans les années 1300, on en vit éclore en Italie les premiers bourgeons. Dans l'œuvre de Dante, et dans celles des sculpteurs pisans. Dans l'œuvre de Giotto qui, ramenant, comme le diront ses successeurs immédiats, la peinture franciscaine du grec au latin, l'éleva, de ce fait, au premier rang des arts.

1320-1400

De la France du XIVe siècle, les historiens ont tendance à brosser un sombre tableau. Les documents qu'ils exploitent leur montrent en effet le désordre, la misère partout, des gens de guerre pillant, détruisant, et c'est vrai que les richesses accumulées dans le royaume ont alors attisé les convoitises. À la première occasion, des bandes d'aventuriers sortis de régions plus rudes, et en premier lieu d'Angleterre, se sont mises à chevaucher à travers ce pays en s'emparant de tout ce qu'elles pouvaient y prendre. Il est également vrai que le poids d'une guerre interminable et diffuse tomba sur des régions qu'affectait la récession agricole. Le grand élan qui, depuis des siècles, faisait s'étendre la terre cultivée et s'intensifier la production était retombé. Désormais, c'étaient les champs qui progressaient aux dépens des friches, et comme la population continuait de croître, le nombre augmentait des paysans qui ne pouvaient plus vivre de leurs terres. Beaucoup partaient vers les villes dans l'espoir d'y trouver quelque ressource. Faméliques, ils s'entassaient dans les faubourgs et commençaient de faire peur aux riches. Enfin, les flux du commerce se détournaient de l'espace français en raison de l'insécurité militaire et surtout d'un perfectionnement des techniques de circulation permettant désormais de transporter plus aisément les marchandises depuis l'Italie vers l'Angleterre, la Flandre, la Baltique, soit par mer, soit par des pistes aménagées à travers les Alpes suisses.

La plupart des provinces de France étaient ainsi devenues très vulnérables lorsque, après six cents ans d'accalmie, la peste reparut en 1348. Des navires génois l'avaient apportée du fond de la mer Noire dans les ports siciliens l'année précédente. L'Europe presque entière fut frappée. La première agression de la maladie fut terrifiante. D'autres suivirent, périodiques. En 1400, la population s'était, dans l'ensemble, réduite sans doute d'un tiers, et, dans certaines régions, de plus de la moitié. Un tel choc explique un désarroi que l'on devine à nombre d'indices. Il explique les flambées de cruauté, les massacres de lépreux, de juifs, l'accent tragique qui marque nombre d'œuvres d'art. Il explique la brusque interruption des travaux sur tous les chantiers, l'abandon de quelques-uns, le renouvellement des équipes et les ruptures stylistiques qui s'ensuivirent, enfin un sensible affaissement du goût, que l'on peut attribuer à l'intrusion de nouveaux venus de moindre culture dans les milieux qui soutenaient la création artistique.

Il convient cependant de se garder d'un excès de pessimisme. Le royaume de France certes pâtit, et durement. Mais l'Angleterre profita largement des expéditions de pillages que son roi et ses capitaines menaient sur le continent, mais la colonisation agricole se poursuivait à l'est de l'Elbe, mais le sud de l'Allemagne et la Bohême s'enrichissaient par l'exploitation des mines et le travail des métaux, l'Espagne et le Portugal par les aventures de mer, l'Italie par la banque et l'exploitation des richesses du Proche-Orient. Si le bouleversement général du milieu du siècle interrompit un moment la croissance, elle reprit ensuite, ici et là, avec plus de vivacité. Par ailleurs, les effets de l'épidémie ne furent pas tous négatifs. Ceux qui survécurent à la peste noire se retrouvèrent, passé l'épreuve, moins nombreux à se partager autant, sinon plus de richesses, lesquelles devenaient toujours plus mobiles. Les chocs qui ébranlèrent en ce temps l'Europe provoquèrent à la fois la hausse du niveau de vie moyen et, par la circulation plus rapide et désordonnée de la monnaie, sa concentration entre quelques mains. Ils firent tourner aussi beaucoup plus vite la roue de fortune. Car les troubles offraient de meilleures chances de s'enrichir, par les armes, les trafics, par la spéculation sur les métaux précieux, par les intrigues politiques. L'argent se gagnait sans peine. Il se dépensait aisément. Soit pour se racheter en consacrant au décor de la dévotion une part des biens mal acquis, soit pour célébrer un succès par un déploiement de parures, soit pour satisfaire le goût de jouir de la vie qu'attisait la présence de la mort sournoise. Tout cela fait que, au milieu de tant de dégâts et de détresses, la production de l'œuvre d'art ne faiblit pas, bien au contraire. Ce furent ses formes qui se modifièrent, par l'effet de divers mouvements entremêlés.

Au premier regard, il apparaît que la part du sacré se réduit au XIVe siècle dans la production artistique. La raison première de cet apparent retrait est que les ornements profanes, ceux du corps, ceux de la demeure, se sont conservés en beaucoup plus grand nombre que les parures datant des époques antérieures. Ils étaient faits de ces matériaux moins périssables qu'une société moins démunie pouvait maintenant employer pour se donner simplement du plaisir. Un autre fait toutefois explique la laïcisation du grand art : il se dégageait peu à peu de la tutelle des gens d'Église. Ce n'est pas que les fidèles se soient montrés moins soucieux du surnaturel, des périls guettant les âmes pécheresses après la mort, donc de la nécessité d'écouter les prêtres, de recourir aux sacrements et de faire des aumônes. Il suffit, pour s'en rendre compte, de se reporter aux testaments, de faire la somme des legs que riches et moins riches instituaient sans compter, imposant à leurs héritiers des charges insupportables afin que des milliers de messes soient dites perpétuellement après leur mort pour leur salut. Mais l'intériorisation du christianisme s'accentuait. Elle portait à préférer aux liturgies collectives les oraisons et les macérations solitaires. Elle incitait à se laver de ses fautes en contribuant à soulager les malades et les pauvres, en donnant largement aux institutions charitables, aux hôpitaux. En outre, et surtout, une bonne partie du numéraire que recueillaient les établissements religieux leur était maintenant soustraite par les maîtres du pouvoir politique. Nous touchons ici à l'un des facteurs essentiels. Ce fut à cette époque que se mit en place en Europe un système fiscal désormais capable de drainer abondamment la monnaie vers les caisses de l'État. Cette innovation du XIVe siècle, l'impôt régulier, compte parmi celles qui retentirent le plus fortement sur l'histoire des arts.

1320-1400 87

Sans doute, l'État le plus puissant et le plus avide était-il l'Église elle-même, et les coffres les mieux alimentés de tous furent ceux des papes. Il en sortit de quoi donner un vif regain de vigueur à l'art sacré dans les provinces méridionales de la France dont les pontifes et beaucoup de cardinaux étaient originaires. Mais les florins qui leur parvenaient par l'intermédiaire des banquiers toscans leur servirent surtout à exhiber les signes de leur puissance temporelle dans Avignon, où ils s'étaient installés. D'abord réduit à un cloître austère, le palais des Papes prit de l'arrogance et de la somptuosité. Des murailles impérieuses, une salle d'audience aux dimensions de cathédrale, une vaste cour intérieure surplombée par une loggia pour les apparitions solennelles du successeur de saint Pierre, des fresques enfin sur les parois intérieures, commandées aux artistes les plus célèbres. S'ajoutaient, comme autant de répliques restreintes mais non moins confortables et fastueuses de la demeure pontificale, les « livrées » des cardinaux disséminées dans la ville et ses abords. L'énormité du coût saute aux yeux. On ne voit pas pourtant qu'une telle dépense ait soulevé de fortes réticences au sein de la curie, et les prélats d'Angleterre n'hésitaient pas non plus, dans le même temps, à rebâtir magnifiquement leur résidence. Aux dirigeants de l'Église, il paraissait parfaitement légitime, et nécessaire, de se montrer magnifiques autant que les rois et les condottiere. Ils s'accoutumaient à faire un net partage entre ce qu'ils devaient à Dieu et ce que réclamait leur propre gloire. Entre en jeu, en ce point, le tournant qui se dessine dans la conception que les hommes se faisaient du monde. Le XIVe siècle a vu s'accentuer d'une manière décisive la distinction entre les choses terrestres et celles du ciel, une distinction que l'on peut tenir pour l'une des assises maîtresses de la civilisation européenne naissante, et sans doute pour l'un des soutiens les plus solides de ses conquêtes ultérieures.

La ligne de séparation entre le sacré et le profane s'était tracée au milieu du XIIIe siècle. Non seulement dans les cités de l'Europe du Sud. À Paris, parmi les serviteurs du roi, et dans l'université où l'on forgeait l'idéologie théocratique, beaucoup s'avisaient qu'il est impossible de concilier le dogme et la raison et jugeaient vaine la tentative de Thomas d'Aquin, vaine et condamnable. Elle fut condamnée. Passé 1300, des docteurs franciscains, Duns Scot, Guillaume d'Ockham, fondèrent leur enseignement sur cet inéluctable partage : d'un côté, se trouve ce qui relève de la foi et de la dévotion individuelle, le champ de la piété, des élans du cœur et, dans un certain sens, celui aussi de l'immatériel ; de l'autre, ce que perçoivent les sens, le monde où l'on vit, le créé, un espace autonome que l'homme a le devoir d'étudier de près afin de le mieux régir. Ce second domaine est celui de l'observation, de l'expérience sensorielle et du raisonnement logique. L'homme est appelé à l'explorer librement en usant de toutes les facultés intellectuelles et sensibles dont Dieu l'a doté. Notamment le prince, chargé de maintenir sur terre l'ordre et la justice. Pour bien gouverner, qu'il se réfère aux dits des philosophes, à la *Politique* d'Aristote. Les savants en composaient à son intention des adaptations.

Les propositions des théologiens formalisaient seulement ce que le grand nombre jugeait sans réfléchir aller de soi. Il est clair qu'elles répondaient aux attentes d'une société bousculée par l'expansion de l'économie de marché, l'élargissement des limites du monde, la découverte des étrangetés de la nature, et spécialement aux attentes de tous ceux qui, découvrant la précarité de la vie, se précipitaient vers les jouissances que procurent le pouvoir et la richesse. La tendance au réalisme qui, tout au long du siècle, s'affirme dans l'œuvre des peintres et des sculpteurs, l'effort pour procurer des choses vues une représentation plus exacte n'est pas sans relation avec cette volonté plus ou moins consciente de dégager de l'emprise du sacré une aire de liberté et de la délimiter nettement. En tout cas ce qu'enseignaient Duns Scot ou Guillaume d'Ockham se relie très étroitement au renforcement de l'État, dont dépend en ce temps le plus vigoureux, le plus audacieux de la création artistique.

Dans les peintures illustrant le calendrier des *Très Riches Heures* du duc de Berry, on découvre à l'horizon de tous les paysages la silhouette d'un château couronné parfois d'un émerveillement de tourelles. Le prince dont les frères de Limbourg exécutaient la commande exigeait que soient nettement visibles les emblèmes de sa domination, de son pouvoir de lever des taxes, mais l'image aussi des plaisirs que le bon gouvernement se doit de dispenser et que lui-même distribuait largement parmi les gens de sa cour. En 1400, c'est désormais pour les palais que travaillent les plus grands artistes. Palais de papes, palais d'évêques, d'abbés, palais communal à Gubbio, à Sienne, ou bien, à Ypres, ce palais des marchands qu'étaient les halles. Palais de ces chefs de guerre, de ces banquiers qui s'emparent en ce temps de la *signoria* dans les cités italiennes. Plus souvent, palais de monarques, de rois, de fils de roi, des frères, des cousins des rois qui maintenant reçoivent en apanage une part de l'héritage ancestral, donc des sources de l'argent, et qui, prétextant de la nécessité de tenir leur rang, puisent à pleines mains dans le trésor royal.

On sait peu de chose pour le XIVe siècle de la condition du peintre, du sculpteur, de l'architecte, guère plus que pour les périodes antérieures. On discerne bien que Giotto n'était pas sans fortune. Était-il pour cela plus libre face à ses employeurs ? Rien ne nous permet d'affirmer que la part de liberté accordée aux artistes domestiques se soit sensiblement élargie à la fin du XIVe siècle dans la cour des Valois ou des Visconti. Quelques documents apparaissent éclairant les relations entre le commanditaire et l'exécutant. Ce sont des contrats passés devant notaire. L'artiste s'engage à respecter fidèlement des clauses qui fixent non seulement ses gages, la qualité du matériau qu'il doit utiliser mais, dans le détail, la manière de développer le thème. L'impression cependant prévaut que le lien s'établissait maintenant entre deux individus. Dans le cas même d'une commande publique, le projet répondait la plupart du temps à la volonté formelle d'une personne. En contrepartie, une autre personne, l'architecte, le sculpteur, le peintre, l'orfèvre, se réservait la faculté, et très ample lorsque sa réputation approchait de celle d'un Matteo de Viterbe, de broder sur la trame qui lui était ainsi proposée et d'imprimer sur l'œuvre la marque de sa propre sensibilité et de sa propre culture. Ainsi voit-on pointer imperceptiblement l'autonomie de l'artiste au sein d'une société toute pénétrée par la montée de l'individualisme.

Le desserrement des contraintes bridant les initiatives individuelles était largement favorisé aussi bien par la pénétration de l'instrument monétaire, par la décontraction générale de l'économie que par la prédication des frères mendiants. Ceux-ci exhortaient chaque fidèle à s'abandonner seul, en son privé, comme en un semblant d'ermitage, aux effusions de l'amour mystique, à approfondir une relation personnelle avec l'esprit. Tout se passait comme si la prédiction de Joachim de Flore se réalisait. L'ermite calabrais avait annoncé pour 1260 l'entrée de l'histoire du salut dans un troisième âge, placé sous le règne du Saint-Esprit. Effectivement, la troisième personne de la Trinité occupait maintenant plus de place dans la vie dévote, évinçant peu à peu le prêtre de sa fonction d'intermédiaire entre l'âme individuelle et la lumière incréée. La lisière s'estompait ainsi insensiblement entre la dévotion moderne et l'hérésie. Il suffisait de s'avancer d'un pas de plus sur la même voie, de regimber trop ouvertement contre le contrôle clérical ou tout simplement d'être l'objet par malchance d'une inquisition moins laxiste pour être condamné. Au début du siècle, au moment où l'on brûlait aussi les Templiers, Marguerite Porete, béguine de Valenciennes, monta sur le bûcher à Paris. Or, tout comme elle, une multitude de chrétiens jugeaient louable le désir des âmes pieuses de s'enfermer dans un tête-à-tête amoureux avec Dieu.

La part du sacré dans l'art du XIVe siècle demeure très amplement prépondérante. La plupart des œuvres d'art sont encore des offrandes et se proposent d'aider le fidèle à entrer en communication avec l'invisible. Les formes nouvelles de la pratique religieuse tendent d'ailleurs à conférer plus d'importance à cette fonction médiatrice. En ce temps s'achève une phase de l'histoire de la pensée européenne qui s'était ouverte lorsque saint Anselme, à la fin du XIe siècle, avait proclamé, *fides querens intellectum,* que la foi doit être aussi intelligence. Désormais, la rigueur rationnelle perd ses droits dans le domaine de la foi. La foi devient affaire de cœur, affaire de relations affectives. Selon la culture chevaleresque, selon la poésie courtoise, l'amour naît d'un regard, le cœur s'enflamme à la vue de l'objet aimé. Le XIIe et le XIIIe siècle avaient pensé la relation avec le divin sous la forme d'un rayon lumineux. Le XIVe, plus concrètement, la voit s'établir et durer par un échange de regards entre deux personnes. Ainsi se transmet la grâce, ainsi s'entretient la ferveur. Ce qui fait s'imposer, à cette époque, le geste de l'élévation, de l'ostension de l'hostie offerte à la contemplation de chacun des fidèles (pour cette raison le vitrail s'éclaircit afin que la vue soit plus nette à l'intérieur de l'église). On comprend donc que se soit étendu le rôle de l'image de piété placée devant les yeux de celui qui prie : autant qu'une relique, elle est source de bénédiction. On comprend que chacun ait souhaité disposer d'images à sa portée afin d'y puiser à tout moment l'ardeur et le réconfort. Et l'on comprend aussi que l'œuvre d'art, au service d'une piété de plus en plus solitaire, ne cherche pas seulement à reproduire fidèlement les traits expressifs du partenaire absent du dialogue mystique, mais qu'elle tende à devenir objet d'appropriation personnelle. Comme le vêtement d'apparat, comme les créations de l'art profane. Sans doute existe-t-il encore de vastes chantiers. Sans doute voit-on s'élever encore de grands bâtiments collectifs, notamment des églises pour les Prêcheurs et pour les Mineurs, et l'on y place au-dessus des autels des polyptyques démesurés. Sans doute la cathédrale continue-t-elle de s'orner. La sculpture envahit son intérieur; elle peuple d'images démonstratives les parois extérieures du jubé. Pourtant les artistes travaillent maintenant principalement sur commande privée ou pour le commerce.

Significative est l'apparition à cette époque des premières figures d'incontestables collectionneurs. Tels le roi de France Charles V et son frère Jean de Berry. Ce sont évidemment des cas extrêmes. Ils disposaient de moyens immenses. Ce qui importe ici, c'est leur passion maniaque, le goût qu'ils ont de palper les camées, les médailles, de feuilleter les livres précieux, dont les illustrations, confiées à différents artistes célèbres, peuvent être tenues pour l'équivalent des collections de peintures dont se glorifiaient les princes du XVIIe siècle et dont se glorifient aujourd'hui les amateurs. Plus significatives encore sont, d'une part, la recherche obstinée de la ressemblance dans le portrait et, d'autre part, les marques de possession, armoiries ou devises, dont la plupart des ouvrages de ce temps sont marqués. Celui qui prélevait sur ses richesses de quoi façonner un reliquaire, un vitrail, un sépulcre, un retable et qui dictait de strictes consignes aux artisans entendait être reconnu au premier coup d'œil et jusqu'à la fin des temps comme le donateur de l'objet. De même qu'il faisait en sorte que son nom, son nom personnel, soit perpétuellement prononcé au cours des liturgies funéraires qu'il finançait.

Il résulte d'une telle mainmise de l'individu sur l'œuvre d'art que les dimensions de celle-ci se restreignent. Les chefs-d'œuvre de l'art du XIe, du XIIe, du XIIIe siècle se voient aujourd'hui en plein air ou dans des espaces de libre circulation. Ce sont des monuments. Ils ont été conçus et exécutés pour des collectivités. Alors que l'art du XIVe siècle se découvre plutôt au musée, dans des vitrines, et ce retournement traduit à lui seul, clairement, le repli de la création artistique sur le privé, et sur l'individuel. Sans doute nombre d'objets que l'on voit exposés de cette manière sont en fait, comme tel panneau détaché d'une prédelle, des fragments dissociés d'un ensemble (ce qui, d'ailleurs, empêche souvent d'en reconnaître la signification, la vraie fonction). Mais parmi les œuvres entières, et parmi les plus complexes, tels les retables où se conjuguait le travail du sculpteur, de l'orfèvre et du peintre, presque toutes sont de taille moyenne, faites pour être placées dans ces cellules étroites où le dévôt se retire, et même pour être transportées avec soi. Certaines, minuscules, peuvent être tenues par leur possesseur dans son poing fermé.

Si Dieu et les saints restent de toute évidence les premiers servis, on les sert d'une autre manière. Au XIe siècle, l'art sacré culminait dans le monastère. Au début du XIIIe siècle, dans la cathédrale. La chapelle est l'œuvre d'art sacré caractéristique du XIVe siècle. Fondées, bâties, décorées, entretenues par une personne ou par un petit groupe de personnes que rassemblent la parenté, l'alliance ou la fraternité spirituelle, desservies par un clergé privé, rétribué, recruté par les maîtres du lieu, retraites closes nettement circonscrites fût-ce par une enceinte imaginaire, les chapelles, espace du recueillement, de l'examen de conscience et de l'oraison secrète, répondent aux exigences d'une pratique religieuse de plus en plus enclose, égotiste, émotive. Beaucoup sont intégrées à la demeure familiale comme l'était la Sainte-Chapelle de Saint Louis, comme l'est à Karlstein, au plus haut de l'édifice, l'oratoire où l'empereur Charles de Bohême s'incline devant des reliquaires. D'autres s'élèvent dans le quartier, dans la rue où la confrérie a son siège. Beaucoup, les unes après les autres, viennent s'établir côte à côte sur les flancs et dans l'abside des églises. Mais certaines aussi sont mobiles, celles que le voyageur, en route, au camp, sur le chemin d'un pèlerinage, construit en plaçant simplement devant lui un petit retable portatif. Il en existe enfin de très humbles, puisque, pour faire de l'encoignure d'une cabane une chapelle, il suffit d'un objet, d'une simple image.

En effet, l'architecture de la chapelle compte beaucoup moins que ce qu'elle contient. Des objets. Des objets d'art, commandés ou, de plus en plus fréquemment, achetés à l'étalage. Ce sont des boîtes enfermant des reliques : la popularisation du christianisme entretient la vigueur de la vénération dont les corps saints sont entourés ; riches et pauvres, comme au temps de Guillaume le Conquérant, veulent posséder quelques-uns de ces restes, pouvoir les tenir près d'eux, les toucher, les porter sur leurs corps. Ce sont aussi des livres, des psautiers, des livres d'heures, et le livre est même, à lui seul, une sorte de chapelle, la plus intime, la plus quotidienne, l'instrument majeur d'une rencontre, d'un entretien personnel avec le Tout-Puissant. Le livre renferme, en effet, les mots de l'échange. Les fidèles sont appelés à les lire, et de plus en plus nombreux sont ceux qui peuvent les déchiffrer. Le livre renferme aussi des images. Ce sont principalement des images qui peuplent les chapelles.

Ces images instruisent : elles racontent, comme le fait publiquement la statuaire de la cathédrale, la vie du Christ, celle de la Vierge, celle des saints. Ces images avertissent : elles rappellent que la mort est là qui rôde, imprévisible, qu'il faut toujours être prêt, et montrent ce que risquent ceux qui ne le seraient pas ; l'anxiété de ne pas bien mourir, convenablement préparé, purgé de ses fautes par la contrition, muni de ces remparts contre la damnation que sont les bonnes œuvres, encombre le nouveau christianisme et, à propos de Jésus, à propos des martyrs, à propos de tout, les représentations du trépas se multiplient, s'amplifient, tandis que s'en précisent les détails. Les images aussi réconfortent ; elles montrent les refuges, le manteau secourable dont la Mère de Dieu enveloppe ceux qui l'aiment. Et la fonction des images, de toutes les images, peintes sur les pages des livres, sur les parois de la chapelle ou sur les panneaux des retables, sculptées dans l'ivoire de ces diptyques que l'on emporte avec soi, la fonction des statuettes figurant les êtres invisibles qu'il faut craindre et chérir, est d'émouvoir, de remuer le sensible, d'éveiller la terreur sacrée, le repentir. D'attendrir. De là, de l'effacement de la rationalité, de l'invasion du champ religieux par l'affectif procède la chute de tension que l'on observe dans l'art sacré. Cette perte de retenue, ces retombées dans la mièvrerie ou bien dans l'expressionisme, ce glissement vers le douceâtre et parallèlement vers l'exaspéré ne sont pas dus seulement aux brassages de la société mondaine, à l'intrusion des parvenus de fraîche date. Ils ne tiennent pas non plus seulement à ce que, plus solides, les produits de second choix, destinés à des commanditaires de moindre hauteur d'âme, ont mieux survécu qu'aux époques antérieures et occupent un plus large terrain. Ils résultent de la mission que l'objet de piété entend remplir : aider l'âme fervente par tous les moyens, les plus naïfs, les plus brutaux, à s'avancer à la découverte du *Grund* dont parle Maître Eckhart, de la profondeur mystérieuse et nocturne où se tient ce qui la relie directement, hors de toute intervention cléricale, à l'essence divine.

L'autre objet caractéristique de l'art du XIVe siècle est le tombeau, souvent d'ailleurs lui-même installé dans la chapelle, un objet qui, s'il appartient encore au sacré, penche déjà vers le profane. Les morts vivent. Où sont-ils ? Que désirent-ils ? Comment les aider, les empêcher de nuire ? Que deviendrai-je après ma mort ? Sur de telles questions le christianisme médiéval tout au long de son histoire s'est fondé. Ainsi le succès de la congrégation de Cluny prit-il appui pour une bonne part sur les services qu'elle sut rendre aux défunts. Au XIVe siècle comme en l'an mil, les funérailles comptent parmi les fêtes majeures, celles où se reconstitue la cohésion du tissu social. Lorsqu'elles sont parfaitement réussies, lorsque le mort a pu se préparer longuement au milieu de tous les siens, leur laisser dans un dernier discours le message de son expérience, son entrée dans l'autre vie est célébrée pompeusement, dans un mélange de tristesse et de joie. Autour du catafalque où son corps se montre dans une parade ultime, sa parenté, ses amis et, à quelque distance, les pauvres accourus de toutes parts, partagent le repas qu'il préside une dernière fois et qu'il offre comme il l'a fait si souvent durant sa vie. Depuis que le sépulcre a commencé de se couvrir d'ornements figuratifs, ceux-ci perpétuent le souvenir du rite de passage, du moment de la transition, où le « transi » est passé de ce monde dans l'autre. Si humble que soit la tombe, les signes placés sur ce mémorial évoquent un transfert triomphal. Ils évoquent aussi ce corps dont les restes reposent ici, attendant de ressurgir le jour du jugement.

En ce temps, il faut être vraiment pauvre pour ne pas rêver de faire ériger sur sa propre sépulture un tel monument commémoratif. Le lieu en est attentivement, expressément choisi. Tout est sacrifié pour qu'il soit installé dans un espace que le Ciel favorise de ses grâces et pour qu'il soit décoré. On peut penser que les plus nombreuses, et de loin, des commandes passées aux artistes concernent alors le tombeau, et ce sont de toutes les plus personnelles. Imposer sur cet objet sa marque ostensible afin de se rappeler à ceux qui le verront, inscrire sur lui, non seulement son nom, mais sa forme corporelle, veiller à ce que cette effigie soit reconnaissable même si l'on ne peut s'offrir qu'une silhouette gravée d'un simple trait sur une dalle, nulle part l'appropriation de l'œuvre d'art n'est plus apparente. Ni sa dérive vers le profane, vers le charnel. Car le tombeau ne contient que la part périssable de l'être. L'âme s'en est séparée. Certes, elle n'est pas oubliée. On sait qu'elle souffre inéluctablement. Une inscription donc appelle à prier pour elle. Il reste cependant que le corporel est en premier lieu exalté et que la sculpture, la peinture funéraires qui s'épanouissent au XIVe siècle satisfont en fait le désir de rester présent, de survivre ici-bas, au moins en représentation. Elles témoignent d'un attachement éperdu aux biens terrestres, d'une résistance inconsciente aux exhortations de la prédication franciscaine, laquelle appelle au contraire à renoncer et à s'abîmer dans la ferveur spirituelle. Dans l'art des tombeaux, une revanche de l'orgueil humain s'exprime, et l'affirmation des pouvoirs que l'homme revendique en ce monde. Notamment du pouvoir politique. Tout le faste et tous les talents qui s'appliquaient jadis exclusivement à célébrer la majesté de Dieu, toutes les richesses que l'on consacrait à parer ses autels et les porches de sa maison, se transportent à la fin du XIVe siècle sur la sépulture des cardinaux et des princes. De ceux surtout dont la puissance est la plus neuve. C'était le cas des « tyrans » de Milan, de Vérone. Ils se firent représenter en cavaliers héroïsés, superbes, comme de nouveaux Marc Aurèle, et comme s'ils pouvaient encore, par-delà la mort, tenir sous leur domination la cité soumise.

Convaincus désormais qu'il leur est licite, plus que cela, nécessaire, de se préoccuper non seulement de leur âme mais de l'immense domaine qui ne relève pas du dogme ni de la piété et de tout mettre en œuvre pour s'en rendre maîtres, les grands dépensent aussi beaucoup, ils engagent les artistes les plus réputés afin que le logis où ils traitent leurs amis dans la profusion du plaisir, où le peuple sait qu'ils veillent sur lui, s'efforçant de préserver la concorde, soit somptueux autant qu'il convient à leur gloire. Les seigneurs féodaux, toujours en route, étaient des hommes de plein air. Ils ne s'enfermaient qu'en passant et lorsque les intempéries les forçaient à se réfugier. Leur maison était un abri précaire. Au XIVe siècle, elle commence à devenir véritablement demeure. Les espaces ouverts, les jardins, les vergers en occupent encore la plus grande part. Mais on les aménage avec plus de soin. À la manière des souverains dont les voyageurs venus d'Orient vantent le luxe, les très riches montrent à leurs hôtes des bêtes étranges. Et surtout, ils ne se contentent plus de vastes espaces couverts, tels ceux que l'on aménageait aux siècles précédents, dans le palais des comtes de Poitiers, par exemple, ou dans celui de l'archevêque Gelmirez à Saint-Jacques-de-Compostelle. Le goût se prend de séjourner dans de petites pièces closes. Les cheminées murales, les luminaires, qui se répandent dans ces intérieurs, aident à s'y mieux défendre des rigueurs de la nature et la vie s'y prolonge longuement après la tombée du jour. Le maître aime à parer ces chambres intimes comme il pare sa chapelle, et il accumule le plus précieux dans les grandes salles où se déroulent autour de lui les cérémonies de l'hospitalité. Du décor de la demeure, presque tout aujourd'hui a disparu, dissipé par le temps, effacé par les remaniements ultérieurs. Mais le peu qu'il en reste, quelques fragments de fresques, des ornements de table, ces tapisseries que les grands princes transportaient d'un de leurs châteaux à l'autre, et surtout ce que les illustrations des manuscrits les plus somptueux montrent de leurs appartements lorsque, aux approches de 1400, les peintres à leur service se mettent à décrire minutieusement le réel, font clairement apparaître que la société dominante couvrait de parures le lieu de ses réunions, et sacrifiait une très large part de ses richesses à son seul plaisir, à ses rêves et à se célébrer elle-même.

« Les chevaliers de notre temps, lit-on dans le *Songe du Verger*, font peindre dans leur salle des batailles à pied et à cheval, afin que, par manière de vision, ils prennent de la délectation en batailles imaginatives. » Un divertissement, une évasion dans l'imaginaire, voici ce qu'attendait de ses poètes la chevalerie du XIIe siècle, voici ce qu'attendent maintenant des artistes les compagnies élégantes de demoiselles et de cavaliers que le *Decameron*, que la fresque du Campo Santo de Pise mettent en scène, blottis parmi de gracieux enclos de feuillages, charmés par les fantaisies de la nature tandis qu'autour de leur refuge la peste fait rage, apparemment insouciants, secrètement tourmentés par le sentiment que la vie est un bien très fugace et par la terreur des fins dernières. C'est aussi par l'image que se découvre un autre décor, celui dont chaque personne se devait d'envelopper son corps pour en rehausser les attraits par le fard, par les prestiges des tissus et des fourrures, lorsqu'elle l'exposait en public, à la fête, au bal, au tournoi ou dans les péripéties de la vraie guerre. De toutes les œuvres d'art du XIVe siècle, le costume de parade est la plus personnelle, et la plus éloignée du sacré, même si certains pendentifs contiennent des reliques. C'est sans doute aussi celle dont les hommes et les femmes de toutes conditions sont à cette époque le plus constamment préoccupés. Pour le luxe du vêtement travaillent dans les villes la plupart des corporations d'artisans ; le commerce à longue distance porte principalement sur les matières dont il est fait et l'on dilapide pour lui l'argent si inconsidérément que, dans le souci de maintenir le bon ordre, les pouvoirs publics sont contraints d'édicter des règlements draconiens afin d'endiguer un tel gaspillage. Sur les accessoires de la toilette, tels ces couvercles de miroirs ou de boîtes à parfum où les ivoiriers parisiens ont représenté en bas-relief les phases successives du jeu d'amour courtois, se manifestent pleinement la variété, le raffinement, l'éclat de l'art profane. C'était aussi un art d'aimer. Pudique encore comme le sont les romans de ce temps. Cependant, si l'on prend en compte la tendresse attentive avec laquelle les peintres ont traité sur les panneaux des retables la chair des jeunes saintes martyrisées, on peut supposer quelques avancées dans l'érotisme (le corps d'Ève sur l'une des pages des *Très Riches Heures* propose des charmes bien plus émouvants que sur le tympan d'Autun), et la représentation du corps dénudé de la femme occupait sans doute dans l'art du XIVe siècle un champ moins étroit qu'il n'apparaît à ce qu'il en demeure sous nos yeux.

Passé 1300, l'Europe se cloisonne par l'effet des tensions politiques. L'argent circule plus vite, les chefs d'État ont moins de peine à l'obtenir des bourgeoisies qu'ils protègent et dont ils favorisent la prospérité, le produit de l'impôt leur sert à solder les troupes plus nombreuses, mieux harnachées qu'ils lancent contre les États voisins. Tout au long de son histoire, le Moyen Âge européen vécut dans la permanence de la guerre.

Mais, au XIVe siècle, la guerre change de dimension. Désormais, tout dépend d'elle. Elle dérange l'ordre des choses. Elle ébranle le système de valeurs. En témoignent l'ascension vertigineuse des capitaines les plus heureux et l'arrogance des effigies qu'ils ont commandées d'eux-mêmes aux sculpteurs et aux peintres. Les hostilités troublent les relations marchandes, interrompent les pèlerinages et, plus généralement, le renforcement des États porte atteinte à toutes les institutions qui, aux temps d'Innocent III et de Saint Louis, avaient rassemblé l'Europe. Souffre particulièrement le pouvoir de la papauté. Au début du siècle, elle perd la partie engagée contre le roi de France, doit quitter Rome, s'établir en Avignon sous la tutelle des Capétiens; prenant alors l'allure d'une puissance étatique, elle devient la cible de critiques acerbes lui reprochant son faste et d'avoir trahi sa mission; les attaques dont elle est l'objet raniment l'hérésie, jettent la discorde dans les ordres mendiants et la crise aboutit à déchirer la chrétienté: en 1378, le conclave, divisé, élit un pape contre un autre. Ce n'était pas la première fois. Si le schisme s'installe et dure, c'est en raison des intérêts divergents des États, puisque le roi de France entend maintenir sous sa coupe le siège apostolique, puisque ses rivaux ne le supportent pas et puisque la fierté italienne exige que le successeur de saint Pierre revienne à Rome.

De même que les villes relèvent leurs murailles et tiennent les portes étroitement gardées pour se protéger de la peste et des bandes de routiers courant le plat pays, de même, dans la montée des antagonismes, les États grands et petits se replient sur eux-mêmes. Des contrôles s'établissent aux frontières, qui prennent ainsi de la réalité. Les princes vivent dans la crainte de la trahison : dans l'espoir de dresser autour de sa personne un rempart de loyauté renforcé, chacun d'eux crée, Jarretière ou Toison d'or, un ordre de chevalerie. Chacun d'eux prétend tenir solidement en main un clergé docile, des fonctionnaires soumis, et pour que les chanoines, les juristes ne reçoivent plus leur formation en terre étrangère, il crée chez lui sa propre université. Les peuples souffrent des gens de guerre, la xénophobie s'avive, les nations se renferment sur leur identité, les saints protecteurs sont exaltés, les légendes dynastiques s'amplifient et les langues nationales, refoulant le latin, accèdent à la dignité de l'écrit qu'elles envahissent.

Un tel cloisonnement retentit évidemment sur la création artistique. Dans chaque ville où le prince possède un palais, où ses délégués rendent en son nom la justice d'appel, recueillent le surplus des perceptions, tiennent des comptes, où les manieurs d'argent font au trésor les avances nécessaires en échange de privilèges substantiels et où les fournisseurs de la cour s'enrichissent, une large embauche est promise à tous ceux qui travaillent à l'ornement des chapelles, des sépultures, des logis et des vêtements d'apparat. Toutes les capitales, moyennes ou petites, celles des apanages que reçoivent les parents des souverains, celles des circonscriptions administratives qui se sont créées dans les États les plus vastes, les cités indépendantes aussi qui ont étendu leur domination sur la campagne environnante, toutes ces villes sont des foyers de création vivaces, mais qui tendent à se resserrer sur leurs traditions. Des « écoles » locales se constituent dont les experts décèlent aujourd'hui les traits spécifiques. Le provincialisme qui se discerne dans les arts de ce temps, plus apparent dans la production courante, dans les œuvres de seconde zone, procède directement du fractionnement politique.

Ce qui frappe cependant lorsqu'on en arrive aux dernières décennies du Moyen Âge après avoir suivi durant un millénaire l'évolution de la création artistique en Europe, c'est bien la continuité. Celle en premier lieu des fonctions de l'œuvre d'art. Seul l'affecte le mouvement constant de vulgarisation progressive qui, à mesure que cette région du monde devenait moins dépourvue, fit se propager peu à peu de degré en degré dans l'épaisseur du corps social des goûts et des usages dont, dans les premiers temps, les chefs du peuple détenaient le monopole. Qu'est-ce donc, sinon les gestes de Charlemagne, que réitèrent en 1400, devant des images semblables et dans des lieux semblables, le changeur de Pampelune, l'armateur de Lynn, le négociant en vin de Mayence, le gros fermier d'Orvieto ? Comme lui, ils se retirent dans une chapelle pour prier ; comme lui, ils épellent dans leur psautier les mots latins de l'oraison ; comme lui, dans la grande salle de leur demeure, ils paradent, revêtus de tissus bariolés, au milieu de leurs obligés qu'ils régalent et qu'ils gratifient de leurs largesses. Sans doute n'ordonnent-ils pas à des artisans domestiques, comme le faisait l'empereur d'Occident, de façonner des bijoux, des livres, des plaques d'ivoire. Ils vont acheter ces objets dans des boutiques. Mais ce sont les mêmes.

La continuité est non moins saisissante quant aux structures qui confèrent aux formes artistiques à la fois leur diversité et leur unité. Au seuil du XVe siècle, comme aux temps carolingiens, deux régions, les mêmes, se situent aux avant-gardes du dynamisme, toutes deux produisant ce qui sert à confectionner les plus belles parures de corps, toutes deux s'enrichissant par le trafic. L'une a son centre en mer du Nord, l'autre en Italie. Au Sud, dominent toujours les arts de la pierre et la monumentalité. Au Nord, les arts du bois et du métal s'appliquant à des objets légers, maniables. Comme tout au long du Moyen Âge, comme aux temps de Charles le Chauve, de Guillaume de Volpiano, de saint Bernard, de Saint Louis, la synthèse entre ce qui vient du Nord et ce qui vient du Sud s'opère dans l'Europe médiane et sous l'égide des pouvoirs prépondérants. Entre 1320 et 1400, ces pouvoirs sont ceux de l'empereur, du pape et du roi de France. Tous les trois sont maintenant affaiblis. Ils conservent cependant suffisamment de prestige et de moyens pour attirer de toutes parts les artistes les plus réputés dans les cités où ils résident. Depuis ces cités rayonne ce qui fait encore, en dépit de l'affirmation des singularités nationales, l'unité de l'art européen.

Prague un moment tint ce rôle quand, sous le règne de Charles IV, la dignité impériale recouvra un peu de son lustre. Cependant, la fonction unificatrice fut remplie en permanence par Avignon et par Paris. Ici se forgea, à la fin du siècle, ce style que les historiens de l'art nomment avec raison le gothique international. Bien qu'obligée de se recroqueviller derrière ses murailles lorsque les compagnies de mercenaires écumaient la vallée du Rhône, Avignon fut pendant tout le XIVe siècle le foyer majeur des rencontres esthétiques malgré le discrédit qui s'appesantissait sur la personne du pape et sur le collège cardinalice, malgré le schisme. Et si l'éclat de Paris se ternit durant quelques années quand, le roi Jean captif en Angleterre, son fils aîné, le dauphin, louvoyait entre les intrigues de conseillers infidèles et les exigences brutales de la haute bourgeoisie tandis que les bandes anglaises ravageaient la Beauce, cette ville, capitale d'un État que n'avaient pu ruiner les pillages, les rançons et les désastres de la peste, qui restait le plus opulent d'Europe, cette cité dont l'université conservait intacte sa prééminence sur tous les autres centres d'études éparpillés à travers la chrétienté, Paris brillait en 1400 de tous ses feux.

Pour peu de temps. Quelques années plus tard, Paris fut ruiné par les émeutes, la guerre civile, l'invasion, et la papauté se détacha lentement d'Avignon. Dès lors, la création artistique se dispersa. Au Nord, entre Bruges, Cologne, Dijon. Au Sud, entre Florence, Venise, Barcelone. Ce que nous appelons la Renaissance s'épanouissait déjà depuis un siècle au Sud, depuis qu'avaient commencé d'y germer les ferments déposés par Frédéric II et par les patriciens toscans. Tandis que ce que nous appelons le Moyen Âge allait se prolonger au Nord pendant un siècle encore, sinon plus.

Bibliographie

1. ORIENTATION

Enciclopedia dell'arte medievale, dir. A. M. Romanini, Milan, 1991.

Lexikon der christlichen Ikonographie, éd. E. Kirschbaum et W. Braunfels, Fribourg-en-Brisgau, 1968-1976, 8 vol.

PASTOUREAU, M. et DUCHET-SUCHAUX, G., *La Bible et les Saints*, Guide iconographique, Paris, 1994.

RÉAU, L., *Iconographie de l'art chrétien*, Paris, 1955-1959, 6 vol.

SCHILLER, G., *Ikonographie der christlichen Kunst*, Gütersloh, 1971-1980, 5 vol.

DAVIS-WEYER, C., *Early Medieval Art 300-1500*, Toronto, 1986.

FRISCH, T. G., *Gothic Art 1140-c. 1450. Sources and Documents*, Toronto, 1987.

LEHMANN-BROCKHAUS, O., *Lateinische Schriftquellen zur Kunst in England, Wales und Schottland vom Jahre 901 bis zum Jahre 1307*, Munich, 1955-1960, 5 vol.

—, *Schriftquellen zur Kunstgeschichte des 11. und 12. Jahrhunderts für Deutschland, Lothringen und Italien*, Berlin, 1938, 2 vol.

MORTET, V., *Recueil de textes relatifs à l'histoire de l'architecture et à la condition des architectes en France au Moyen Âge*, Paris, 1911-1929, 2 vol.

SCHLOSSER, J. von, *Quellenbuch zur Kunstgeschichte des abendländischen Mittelalters*, Vienne, 1896.

—, *Schriftquellen zur Geschichte der karolingischer Kunst*, Vienne, 1892.

2. LES FORMES

L'Art européen vers 1400 (catalogue de l'exposition du

Kunsthistorisches Museum), Vienne, 1962.

Artistes, Artisans et Production artistique au Moyen Âge, éd. X. Barral i Altet, Paris, 1986-1990, 3 vol.

AVRIN, L., *Scribes, Script and Books. The Book Arts from Antiquity to the Renaissance*, Londres, 1991.

BARRAL I ALTET, X., *L'Art médiéval*, Paris, 1990.

BELTING, H., *Bild und Kunst. Eine Geschichte des Bildes vor den Zeitalter der Kunst*, Munich, 1991.

BENTON, J. R., *Bestiaire médiéval*, Paris, 1992.

BINSKI, P., *Medieval Craftsmen. Painters*, Toronto, 1991.

BISCHOFF, B., *Paléographie de l'Antiquité romaine et du Moyen Âge occidental*, Paris, 1985.

BRISAC, C., *Le Vitrail*, Paris, 1990.

BROWN, M. P., *A Guide to Western Historical Scripts from Antiquity to 1600*, Toronto, 1990.

BUCHER, F., « Medieval Architectural Design Methods, 800-1560 », *Gesta*, 11, 1973.

CAHN, W., *La Bible romane*, Paris, 1982.

CHASTEL, A., *Fables, Formes, Figures*, Paris, 1978, 2 vol.

CHÂTELAIN, A., *Châteaux forts, images de pierre des guerres médiévales*, Strasbourg, 1981.

CHÂTELET, A. et RECHT, R., *Automne et Renouveau, 1380-1500*, Paris, 1988.

CHERRY, J., *Medieval Decorative Art*, Londres, 1991.

CONTAMINE, Ph., *La Guerre au Moyen Âge*, Paris, PUF, 1980.

CHRISTE, Y., VELMANS, T., LOSOWSKA et RECHT, R., *La Grammaire des formes et des styles. Le monde chrétien*, Office du Livre, Fribourg, 1982.

Church and the Arts, éd. D. Wood, Oxford, 1992.

Cloisters. Studies in Honor of the Fiftieth Anniversary, éd. E. C. Parker, et M. B. Shepard, New York, 1992.

DAVIES, J. G., *The Architectural Setting of Baptism*, Londres, 1962.

DE HAMEL, C. F. R., *Glossed Books of the Bible and the Origins of the Paris Book Trade*, Londres, 1984.

DE HAMEL, Ch., *A History of Illuminated Manuscripts*, Oxford, 1986.

DODWELL, C. R., *The Pictorial Arts of the West 800-1200*, New Haven-Londres, 1993.

DUBY, G., *Le Temps des cathédrales. L'art et la société, 980-1420*, Paris, 1976.

Faire croire. Modalités de la diffusion et de la réception des messages religieux du XIIe au XIVe siècle (Rome, 22-23 juin 1979), Rome, 1981.

« Les fortifications de terre en Europe occidentale du Xe au XIe siècle » (colloque de Caen), *Archéologie médiévale*, 11, 1981, p. 5-123.

GABORIT-CHOPIN, D., *Ivoires du Moyen Âge*, Paris, 1978.

GARDELLES, J., *Le Château, expression du monde féodal*, Strasbourg, 1981.

GAUTHIER, M.-M., *Émaux du Moyen Âge occidental*, Paris, 1972.

GEIJER, A., *A History of Textile Art*, Londres, 1979.

GRABAR, A., *L'Âge d'or de Justinien. De la mort de Théodose à l'Islam*, Paris, 1966.

GRABAR, A. et NORDENFALK, C., *Early Medieval Painting*, Lausanne, 1957.

—, *Romanesque Painting*, Lausanne, 1958.

GRODECKI, L., *L'Architecture ottonienne*, Paris, 1968.

—, *Le Moyen Âge retrouvé*, Paris, 1986-1991, 2 vol.

HIRSCHFELD, P., *Mäzene. Die Rolle des Auftraggebers in der Kunst*, s. l., 1968.

Histoire d'un art, la sculpture. Le grand art du Moyen Âge, du Ve au XVe siècle, dir. G. Duby et J.-L. Daval, Paris, 1989.

HUBERT, J., PORCHER, J. et VOLBACH, W. F., *L'Europe des invasions*, Paris, 1968.

—, *L'Empire carolingien*, Paris, 1968.

JOUBERT, F., *La Tapisserie au Moyen Âge*, Rennes, 1992.

KRAUTHEIMER, R., *Studies in Early Christian, Medieval and Renaissance Art*, New York-Londres, 1969.

La Maison forte, éd. M. Bur, Paris, 1986.

MARTINDALE, A., *The Rise of the Artist in the Middle Ages and Early Renaissance*, Londres, 1972.

NORDSTRÖM, F., *Mediaeval Baptismal Fonts. An Iconographical Study*, Umea, 1984.

PÄCHT, O., *Book Illumination in the Middle Ages*, Londres-Oxford, 1986.

RECHT, R., *Le Dessin d'architecture. Son origine, ses formes*, Paris, 1995.

ROESDAHL, E., « Les fortifications circulaires à l'époque viking au Danemark », *Proxima Thulé, revue d'études nordiques*, vol. I, 1994, p. 25-50.

SCHMITT, J. C., *La Raison des gestes dans l'Occident médiéval*, Paris, 1990.

VROOM, W., *De financiering von de Kathedraalbouw in de middeleeuwen*, Maarssen, 1981.

WARNCKE, M., *Bau und Ueberbau. Soziologie der mittelalterlichen Architektur nach den Schriftquellen*, Francfort-sur-le-Main, 1976.
—, *L'Artiste et la Cour. Aux origines de l'artiste moderne*, Paris, 1989.
WIRTH, J., *L'Image médiévale. Naissance et développement (VIe-XVe s.)*, Paris, 1989.

3. LES RÉGIONS

Pays rhénans, Europe centrale

L'Art ancien en Tchécoslovaquie (catalogue de l'exposition de Paris, musée des Arts décoratifs), Paris, 1957.
BALDASS, P. von, BUCHOWIECKI, W. et MRAZEK, W., *Romanische Kunst in Österreich*, Vienne-Hanovre-Bern, 1962.
BECKSMANN, *Vitrea dedicata. Das Stifterbild in der deutschen Glasmalerei des Mittelalters*, Berlin, 1975.
BRENK, B., *Die romanische Wandmalerei in der Schweiz*, Berne, 1963.
BUCHKREMER, J., *Dom zu Aachen. Beiträge zur Baugeschichte*, Aix-la-Chapelle, 1940-1955, 3 vol.
COLLON-GEVAERT, S. et al., *Art roman dans la vallée de la Meuse aux XIe et XIIe siècles*, Bruxelles, 1962.
D'ONOFRIO, M., *Roma e Aquisgrana*, Rome, 1983.
MASIN, Jiri, *Romanesque Mural Painting in Bohemia and Moravia*, Prague, 1954.
MATEJCEK, A. et PESINA, J., *La Peinture gothique tchèque, 1350-1450*, Prague, 1955.
Ornamenta Ecclesiae. Kunst und Künstler der Romanik (catalogue de l'exposition du Schnütgen-Museum), Cologne, 1977, 3 vol.
Die Parler und der Schöne Stil 1350-1400. Europäische Kunst unter den Luxemburgern, éd. A. Legner, Köln, 1978-1980, 4 vol.
Rhin-Meuse. Art et culture, 800-1400, Bruxelles, 1973.
Die Zeit der Staufer (catalogue de l'exposition du Württembergisches Landesmuseum), Stuttgart, 1977, 5 vol.

Angleterre-Irlande

ALEXANDER, J. J. G., « Insular Manuscripts from the 6th to the 9th Century » (*A Survey of Manuscripts Illuminated in the British Isles*, éd. J. J. G. Alexander, 1), Londres.
L'Art celtique, éd. B. Raftery, Paris, 1990.
Art and Patronage in the English Romanesque, éd. S. Macready et F. H. Thompson, Londres, 1986.
AVRIL, F., et STIRNEMANN, P., « Manuscrits enluminés

d'origine insulaire, VIe-XXe s. », *Manuscrits enluminés de la Bibliothèque nationale*, Paris, 1987.

BOASE, T. S. R., *English Art 1100-1216*, Oxford, 1953.

BRIEGER, P., *English Art 1216-1307*, Oxford, 1968.

BROWN, R. Allen, *English Castles*, Londres, 1976.

CHEETHAM, F., *English Medieval Alabasters. With a Catalogue of the Collection in the Victoria and Albert Museum*, Oxford, 1984.

COLVIN, H. M., *Building Accounts of King Henry III*, Oxford, 1971.

English Medieval Industries : Craftsmen, Techniques, Products, éd. J. Blair et N. Ramsay, Londres, 1991.

English Romanesque Art 1066-1200, éd. G. Zarnecki, J. Holt et T. Holland (catalogue de l'exposition de Londres, Hayward Gallery), Londres, 1984.

HENRY, F., *Irish Art during the Viking Invasions*, Londres, 1967.

—, *Irish Art during the Romanesque Period*, Londres, 1970.

KAHN, D., « La sculpture romane en Angleterre : état des questions », *Bulletin monumental*, 146, 1988, p. 307-340.

KAUFFMANN, C. M., « Romanesque Manuscripts 1066-1190 » (*A Survey of Manuscripts Illuminated in the British Isles*, éd. J. J. G. Alexander, 3), Londres, 1975.

MARKS, R., *Stained Glass in England during the Middle Ages*, Toronto-Londres, 1993.

MORGAN, N. G., « Early Gothic Manuscripts (I) 1190-1250 » (*A Survey of Manuscripts Illuminated in the British Isles*, éd. J. J. G. Alexander, 4), Londres, 1982.

—, « Early Gothic Manuscripts (II) 1250-1285 » (*A Survey of Manuscripts Illuminated in the British Isles*, éd. J. J. G. Alexander, 4), Londres, 1982.

MUSSET, L., *Angleterre romane. Le Nord de l'Angleterre*, La Pierre-qui-Vire, 1988.

Opus Anglicanum : English Medieval Embroidery (catalogue de l'exposition de Londres, Victoria and Albert Museum), Londres, 1963.

PÄCHT, O., *The Rise of Pictorial Narrative in Twelfth-Century England*, Oxford, 1962.

RAMSAY, N., « Alabaster », *English Medieval Industries : Craftsmen, Techniques, Products*, p. 29-40.

SANDLER, L. Freeman, « Gothic Manuscripts 1285-1385 » (*A Survey of Manuscripts Illuminated in the British*

Isles, éd. J. J. G. Alexander, 5), Londres, 1986.

STONE, L., *Sculpture in Britain. The Middle Ages,* Harmondsworth, 1972, 2ᵉ éd.

TEMPLE, E., « Anglo-Saxon Manuscripts 900-1066 » (*A Survey of Manuscripts Illuminated in the British Isles,* éd. J. J. G. Alexander, 2), Londres.

Trésors d'Irlande (Paris, Galeries nationales du Grand Palais, octobre 1982-janvier 1983), Paris, 1982.

TRISTRAM, E. W., *English Medieval Wall Painting. The Thirteenth Century,* Oxford, 1950.

France

BARON, F., *Les Arts précieux à Paris aux XIVᵉ et XVᵉ siècles,* Paris, 1988.

BOÜARD, M. de, « De l'*aula* au donjon. Les fouilles de la motte de la Chapelle à Doué-la-Fontaine (Xᵉ-XIᵉ s.) », *Archéologie médiévale,* 3-4, 1973-1974, p. 5-110.

BRANNER, R., *Burgundian Gothic Architecture,* Londres, 1985, 2ᵉ éd.

—, *Manuscript Painting in Paris during the Reign of Saint Louis. A Study of Styles,* Berkeley-Londres, 1974.

Le Château en France, éd. J.-P. Babelon, Paris, 1986.

DESCHAMPS, P. et Thibout, M., *La Peinture murale en France. Le haut Moyen Âge et l'époque romane,* Paris, 1951.

Les Fastes du gothique. Le siècle de Charles V, Paris, 1981.

FOURNIER, G., *Le Château dans la France médiévale. Essai de sociologie monumentale,* Paris, 1978.

LACLOTTE, M., *L'École d'Avignon,* Paris, 1960.

Les Manuscrits à peinture en France du VIIᵉ au XIIᵉ siècle, Paris, 1954.

Les Manuscrits à peinture en France du XIIIᵉ au XVᵉ siècle, Paris, 1956.

MEISS, M., *French Painting in the Time of Jean de Berry,* Londres, 1967, 2 vol.

SAUERLÄNDER, W., *Gotische Skulptur in Frankreich 1140-1270,* Munich, 1970.

STERLING, Ch., *La Peinture médiévale à Paris, 1300-1500,* Paris, 1987-1990, 2 vol.

Les Trésors des églises de France (Paris, musée des Arts décoratifs), Paris, 1965.

VERGNOLLE, E., *L'Art roman en France. Architecture, sculpture, peinture,* Paris, 1994.

Espagne

L'Art roman (catalogue), Barcelone-Saint-Jacques-de-Compostelle, 1961.

AVRIL, F., ANIEL, J.-P., MENTRÉ, M., SAULNIER, A., et ZALUSKA, Y., « Manuscrits enluminés de la péninsule Ibérique », *Manuscrits enluminés de la Bibliothèque nationale*, Paris, 1982.

DURLIAT, M., *L'Art roman en Espagne*, Paris, 1962.

COOK, W. W. S., *La Pintura mural romanica en Cataluña*, Madrid, 1956.

KINGSLEY, K., *Visigothic Architecture in Spain and Portugal : A Study in Masonry, Documents and Form*, Ann Arbor-Londres, 1980.

Los Beatos (exposition Europalia 85), Bruxelles, 1985.

MENTRÉ, M., *La Peinture mozarabe*, Paris, 1984.

PALOL, P. de, et HIRMER, M., *Early Medieval Art in Spain*, Londres, 1967.

PALOL, P. de, « Arte y Arqueologia », *Historia de España Menendez Pidal*, t. 3, *España visigoda*, vol. 2, Madrid, 1991, p. 245-267.

PALOL, P. de, et RIPOLL, G., *Les Goths. Ostrogoths et Wisigoths en Occident, Ve-VIIIe s.*, Paris, 1990.

RIPOLL, G., « Arquitectura visigoda », *Cuadernos de Arte Espanol*, n° 99, 1993.

—, *L'Archéologie funéraire de Bétique d'après la collection wisigothique du Römisch-Germanisches Zentralmuseum de Mayence* (microfiches), Lille, 1993.

SCHLUNK, H. et HAUSCHILD, T., *Die Denkmäler der frühchristlichen und Westgotischen Zeit*, Mayence, 1978.

ULBERT, T., *Frühchristlichen Basiliken mit Doppelapsiden auf der Iberischen Halbinsel*, Berlin, 1978.

VILLALON, M. C., *Merida visigoda. La escultura arquitectonica y liturgica*, Badajoz, 1985.

YARZA, J., *Historia del arte hispánico*, t. 2 : *La Edad Media*, Madrid, 1980.

Italie

L'Art dans l'Italie méridionale. Aggiornamento dell'opera di Emile Bertaux, éd. A. Prandi, Rome, 1978, 4 vol.

AVRIL, F., GOUSSET, M.-Th., et RABEL, C., « Manuscrits enluminés d'origine italienne, 2 : XIIIe s. », *Manuscrits enluminés de la Bibliothèque nationale*, Paris, 1984.

AVRIL, F., et ZALUSKA, Y., « Manuscrits enluminés d'origine italienne, 1 : VIe-XIIe s. », *Manuscrits enluminés de la Bibliothèque nationale*, Paris, 1980.

AVRIL, F., ZALUSKA, Y., GOUSSET, M.-Th., et PASTOUREAU, M., *Dix Siècles* d'enluminure italienne (VIe-XVIe s.), Paris, 1984.

BELTING, H., *Die Oberkirche von San Francesco in Assisi*, Berlin, 1977.

Benedetto Antelami. Catalogo dell' opere, éd. A. Calzona et G. Z. Zanichelli, Milan, 1990.

BERTAUX, E., *L'Art dans l'Italie méridionale de la fin de l'Empire romain à la conquête de Charles d'Anjou*, Paris, 1903 (réimpr. Rome, 1968).

BOLOGNA, F., *Early Italian Painting*, Londres, 1963.

—, *Novità su Giotto. Giotto al tempo della cappella Peruzzi*, Turin, 1969.

BRUSCHI, A. et MIARELLI-MARIANI, G., *Architettura sveva nell'Italia meridionale. Reperti dei castelli federiciani*, Prato, 1975.

DEMUS, O., *The Mosaics of San Marco in Venice*, Chicago-Londres, 1984, 4 vol.

Federico II e l'arte nel Duecento italiano (Atti della III Settimana di studi di storia dell'arte medievale dell'Università di Roma, Roma, 1978), éd. A. M. Romanini, Galatina, 1980, 2 vol.

FRANCOVITCH, G. de, *Benedetto Antelami architetto e scultore e l'arte del suo tempo*, Milan-Florence, 1952.

FRUGONI, C., « *Domine, in conspectu tuo omne desiderium meum* : visioni ed immagini in Chiara da Montefalco », *S. Chiara da Montefalco e il suo tempo*, éd. C. Leonardi et E. Menesto, Florence, 1985, p. 154-174.

—, « Su un "immaginario" possibile di Margherita da Città di Castello », *Il movimento religioso femminile in Umbria nei secoli XIII-XIV*, Florence, 1984, p. 205-216.

GARRISON, E. B., *Studies in the History of Medieval Italian Painting*, Florence, 1953-1962, 4 vol.

GÖTZE, H., *Castel del Monte. Gestalt, Herkunft und Bedeutung*, Heidelberg, 1984 (Sitzungsberichte der Heidelberger Akademie der Wissenschaften. Philosophisch-historische Klasse, 1984, 2).

HASELOFF, A., *Die Bauten der Hohenstaufen in Unteritalien* (trad. italienne : *Architettura sveva nell'Italia meridionale*, Bari, 1992, 2 vol.), Leipzig, 1920, 2 vol.

HEYDENREICH, F., *Éclosion de la Renaissance. Italie, 1400-1460*, Paris, 1972.

KAFTAL, G., *Iconography of the Saints in Tuscan Painting*, Florence, 1952.

KENT, F. W. et Simons, P., *Patronage, Art and Society*

in Renaissance Italy, Oxford, 1987.
LOBRICHON, G., *Assise. Les fresques de la basilique inférieure*, Paris, 1985.
LONGHI, R., *La Pittura umbra della prima metà del Trecento*, Florence, 1973.
MEISS, M., *La Peinture à Florence et à Sienne après la peste noire* (trad. française), Paris, 1994.
PACE, V., « Scultura federiciana in Italia meridionale e scultura dell'Italia meridionale di età federiciana », *Intellectual Life at the Court of Frederick II Hohenstaufen* (Proceedings of the International Colloquium, Washington, D. C., 1990), *Studies in the History of Art*, 44.
PIGNATTI, T., *Venezia. Mille anni d'arte*, Venise, 1989.
RUSSO, D., « Venise, chef d'empire (XIVe-XVe s.) », *L'Histoire de Venise par la peinture*, éd. G. Duby et G. Lobrichon, Paris, 1991.
SAUERLÄNDER, W., « La cultura figurativa emiliana in età romanica », *Nicholaus e l'arte del suo tempo. Atti del seminario tenutosi a Ferrara, settembre 1981*, éd. A. M. Romanini, t. 1, Ferrare, 1984, p. 53-92.
STAHMER, E., « Die Verwaltung der Kastelle im Königreich Sizilien unter Kaiser Friedrich II. und Karl I. von Anjou », *Die Bäuten der Hohenstaufen in Unteritalien*, Ergänzungsband I, Leipzig, 1914.
WAGNER-RIEGER, R., *Die italienische Baukunst zu Beginn der Gotik*, Graz-Cologne, 1956-1957, 2 vol.
WILLEMSEN, C. A., *Apulien. Kathedralen und Kastelle. Eine Kunstführer durch das normannisch-staufische Apulien*, Schauberg, 1971.

Mondes scandinaves

FUGLESANG, S. H., *Some Aspects of the Ringerike Style*, Odense, 1980.
FUGLESANG, S. H., « Early Viking Art. Stylistic Groups in late Viking and Early Romanesque Art », *Acta ad archaeologiam et artium historiam pertinentia*, ser. alt. in-8°, Rome, 1, 1981, p. 79-125 et 2, 1982, p. 125-173.
FUGLESANG, S. H., « Ikonographie der skandinavischen Runensteine der jüngeren Wikingerzeit », *Zum Problem der Deutung frühmittelalterlicher Bildinhalte*, éd. H. Roth, Sigmaringen, 1986, p. 183-210.
FUGLESANG, S. H., « Viking Art », *Medieval Scandinavia. An Encyclopedia*, éd. P. Pulsiano (avec bibliographie

complète), New York-Londres, 1993, p. 694-700.

Les Vikings. Les Scandinaves et l'Europe, 800-1200 (= *From Viking to Crusader. The Scandinavians and Europe* 800-1200, Copenhague-New York, 1992), éd. Roesdahl, E. *et al.*, Paris, 1992.

WILSON, D. M. et KLINDT-JENSEN, O., *Viking Art*, Londres, 1966 (réimpr. 1980).

4. LES ÉPOQUES
Le haut Moyen Âge

Age of Spirituality. Late Antique and Early Christian Art, Third to Seventh Centuries, éd. Weitzmann, K., New York, 1979.

« L'Art et la Société à l'époque carolingienne », *Cahiers Saint-Michel-de-Cuxa*, 23, 1992.

BRAUNFELS, W., *Die Welt der Karolinger und ihre Kunst*, Munich, 1968.

Commitenti e produzione artistico-letteraria nell'alto Medioevo occidentale, Spolète, 1992.

CONANT, K. J., *Carolingian and Romanesque Architecture* 800-1200, Harmondsworth, 1966, 2ᵉ éd.

DURLIAT, M., *Des barbares à l'an mil*, Paris, 1985.

GRODECKI, L., MÜTHERICH, F., TARALON, J., et WORMALD, F., *Le Siècle de l'an mil*, Paris, 1973.

HEITZ, C., *L'Architecture religieuse carolingienne. Les formes et leurs fonctions*, Paris, 1980.

HUBERT, J., PORCHER, J. et VOLBACH, W. F., *L'Empire carolingien*, Paris, 1968.

JACOBSEN, W., « Gab es die karolingische "Renaissance" in der Baukunst ? », *Zeitschrift für Kunstgeschichte*, 3, 1988, p. 313-347.

Karl der Grosse. III, Karolingische Kunst, éd. W. Braunfels et H. Schnitzler, Düsseldorf, 1965.

Karl der Grosse (catalogue), Aix-la-Chapelle, 1965.

KOHLER, W., *Die karolingische Miniaturen*. (I) « Die Schule von Tours », Berlin, 1930-1933, 3 vol. ; (II) « Die Hofschule Karls des Grossen », Berlin, 1958, 2 vol. ; (III) « Die Gruppe des Wiener Krönungs-Evangeliars », Berlin, 1960, 2 vol.

—, et MÜTHERICH, F., *Die karolingische Miniaturen*. (IV) « Die Hofschule Kaiser Lothars », Berlin, 1971 ; (V) « Die Hofschule Karls des Kahlen », Berlin, 1982.

KRAUTHEIMER, R., « The Carolingian Revival of Early

Christian Architecture », *Art Bulletin*, 24, 1942, p. 1-38.

MÜTHERICH, F. et GAEHDE, J. E., *Karolingische Buchmalerei*, Munich, 1976.

Testo e immagine nell'alto Medioevo, Spolète, 1994.

Bernward von Hildesheim und das Zeitalter der Ottonen (Katalog der Ausstellung Hildesheim 1993. Dom-und Diöcesanmuseum Hildesheim, Roemar-und Pelizäus-Museum), hrsg. von M. Brandt und A. Eggebrecht, Mainz, 1993, 2 vol.

BLOCH, P. et SCHNITZLER, H., *Die ottonische Kölner Malerschule*, Düsseldorf, 1967-1970, 2 vol.

HOFFMANN, H., « Buchkunst und Konigtum im ottonischen und frühsalischen Reich », *Monumenta Germaniae Historica, Schriften*, 30, Hiersemann, Stuttgart, 1986

KUDER, U., « Bischof Ulrich von Augsburg in der mittelalterlichen Buchmalerei », *Bischof Ulrich von Augsburg 890-973. Seine Zeit - sein Leben - seine Verehrung. Festschrift aus Anlass des tausendjährigen Jubiläums seiner Kanonisation im Jahre 993*, éd. M. Weitlauff, Weissenhorn (Bavière), 1993, p. 413-482.

MÜTHERICH, F., « Die ottonische Buchmalerei », *Literaturversorgung in den Geisteswissenschaften* (75. Deutscher Bibliothekartag in Trier, 1985), Frankfort-sur-le-Main, 1985, p. 357-370.

SCHRAMM, P. E. et MÜTHERICH, F., *Denkmale der deutschen Könige und Kaiser. Ein Beitrag zur Herrschergeschichte von Karl den Grossen bis Friedrich II*. 768-1250, Munich, 1981.

Die Zeit der Ottonen und Salier, Munich, 1973.

L'Europe romane

AVRIL, F., BARRAL I ALTET, X., et GABORIT-CHOPIN, D., *Le Monde roman*. (I) « Le temps des croisades », Paris, 1982 ; (II) « Les royaumes d'Occident », Paris, 1983.

CHRISTE, Y., *Les Grands Portails romans. Études sur l'iconologie des théophanies romanes*, Genève, 1969.

CLAUSSEN, P. C., *Magistri doctissimi romani. Die römischen Marmorkünstler des Mittelalters*, Stuttgart, 1987.

CROZET, R., *L'Art roman en Poitou*, Paris, 1948.

—, *L'Art roman en Saintonge*, Paris, 1971.

DEMUS, O., *La Peinture murale romane*, Paris, 1970.

DURLIAT, M., *La Sculpture romane de la route de Saint-Jacques. De Conques à Compostelle*, Mont-de-Marsan, 1990.

English Romanesque Art 1066-1200, éd. G. Zarnecki, J. Holt et T. Holland, Londres, 1984.

« La Façade romane » (actes du colloque de Poitiers, 26-29 septembre 1990). *Cahiers de civilisation médiévale*, 34, 1991.

« Fassade », *Reallexikon zur deutschen Kunstgeschichte*, 7, Munich 1981, col. 536-690.

GRODECKI, L., *Le Vitrail roman*, Paris, 1977.

HAMANN MCLEAN, R., « Les origines des portails et façades sculptés gothiques », *Cahiers de civilisation médiévale*, 2, 1959, p. 157-175.

Lanfranco e Wiligelmo. Il Duomo di Modena (catalogue de l'exposition, Modène, Palazzo Comunale, juin-octobre 1984), Modène, 1984.

MAZAL, O., *Buchkunst der Romanik*, Graz, 1978.

QUINTAVALLE, A. C., *Il Battistero di Parma*, Parme, 1989.

—, *La Cattedrale di Parma e il romanico europeo*, Parme, 1974.

SCHAPIRO, M., *Romanesque Art*, Londres, 1977.

SWARZENSKI, H., *Monuments of Romanesque Art*, Londres, 1954.

TOUBERT, H., *Un art dirigé. Réforme grégorienne et iconographie*, Paris, 1990.

VERZÀR, C., *Portals and Politics in the Early Italian City-state. The Sculpture of Nicholaus in Context*, Parme, 1988.

WETTSTEIN, J., *La Fresque romane*, Paris-Genève, 1971-1978, 2 vol.

WILSON, D. M., *The Bayeux Tapestry*, Londres, 1985.

ZARNECKI, G., *Studies in Romanesque Sculpture*, Londres, 1979.

Art clunisien, art cistercien

AUBERT, M., *L'Architecture cistercienne en France* (avec bibliographie antérieure), Paris, 1947, 2 vol.

AUBERT, M., « Existe-t-il une architecture cistercienne ? », *Cahiers de civilisation médiévale*, 1, 1958, p. 153-158.

BAUD, A. et ROLLIER, G., « Dernier état des connaissances sur Cluny livrées par les fouilles archéologiques », *Bulletin monumental*, 151, 1993, p. 453-468.

Cistercian Art and Architecture in the British Isles, éd. C. Norton et D. Park, Cambridge, 1986.

Cluny III. La Maior Ecclesia (catalogue de l'exposition aux écuries de Saint-Hugues, Cluny, 4 juin-30 septembre 1988).

CONANT, K. J., *Cluny, les Églises et la Maison du chef d'ordre*, Mâcon, Protat, 1968.

« Current Studies on Cluny »
Gesta, 27, 1988.
DIEMER, P., *Untersuchungen zu Architektur und Skulptur der Abteikirche von Saint-Gilles*, Stuttgart, 1978.
DIMIER, A., *Recueil de plans d'églises cisterciennes*, Grignan-Paris, 1949-1967, 3 vol.
—, et Porcher, J., *L'Art cistercien*. I « France », La Pierre-qui-Vire, 1962.
DUBY, G., *Saint Bernard. L'art cistercien*, Paris, 1976.
FERGUSSON, P., *Architecture of Solitude. Cistercian Abbeys in Twelfth Century England*, Princeton, 1984.
Le Gouvernement d'Hugues de Semur à Cluny (actes du Colloque scientifique international, Cluny, septembre 1988), Cluny, 1990.
PALAZZO, E., « L'iconographie des fresques de Berzé-la-Ville dans le contexte de la Réforme grégorienne et de la liturgie clunisienne », *Les Cahiers de Saint-Michel-de-Cuxa*, 19, 1988, p. 169-185.
Ratio fecit diversum. San Bernardo e le arti (Atti del Congresso internazionale, Rome, 1991), éd. A. M. Romanini, Rome, 1993.
ROMANINI, A. M., « "Povertà" e razionalità nell'architettura cistercense del XII secolo », *Povertà e ricchezza nella spiritualità dei secoli XI e XII* (Atti dell'VIII Convegno del Centro di studi sulla spiritualità medievale, Todi, 1967), Todi, 1969, p. 189-225.
—, « Le abbazie fondate da San Bernardo in Italia e l'architettura cistercense "primitiva" », *Studi su San Bernardo di Chiaravalle nell'ottavo centenario della canonizzazione* (Convegno internazionale, Certosa di Firenze, 1974), Rome, 1975, p. 281-303.
—, « Il "Maestro dei Moralia" e le origini di Cîteaux », *StArte*, 34, 1978, p. 221-245.
—, « La storia dell'arte e la polemica Clairvaux-Cluny », *Alla memoria di Renata Cipriani, Paragone*, 34, 1983, p. 401-403.
RUDOLPH, C., *The "Things of Greater Importance". Bernard of Clairvaux's Apologia and the Medieval Attitude Toward Art*, University of Pennsylvania Press, Philadelphia, 1990.
Saint Bernard et le Monde cistercien, éd. L. Pressouyre et T. N. Kinder (catalogue), Paris, 1990.
SAPIN, C., *La Bourgogne préromane. Construction,*

décor et fonction des édifices religieux, Paris, Picard, 1986.
—, « Cluny II et l'interprétation archéologique de son plan », *Religion et culture autour de l'an Mil. Royaume capétien et Lotharingie,* éd. D. Iogna-Prat et J.-C. Picard, Paris, Picard, 1990, p. 85-89.
STRATFORD, N., « Les bâtiments de l'abbaye de Cluny à l'époque médiévale. État de la question », *Bulletin monumental*, 150, 1992, p. 383-411.
ZALUSKA, Y., *L'Enluminure et le Scriptorium de Cîteaux au XIIe siècle*, Cîteaux, 1989.
Die Zisterzienser. Ordensleben zwischen Ideal und Wirklichkeit (catalogue de l'exposition, Aix-la-Chapelle, 1980), Cologne, 1981, 2 vol.

L'Europe gothique

ALOMAR, G., *Guillem Sagrera y la arquitectura gotica del siglo XV*, Barcelone, 1970.
ALTISENT, A., *Historià de Poblet*, Abbaye de Poblet, 1974.
BIALOSTOCKI, J., *L'Art du XVe siècle, des Parler à Dürer*, Paris, 1993.
BOOZ, P., *Der Baumeister der Gotik*, Munich-Berlin, 1956.
BRANNER, R., « Villard de Honnecourt, Reims and the Birth of Gothic Architectural Drawing », *Gazette des Beaux-Arts*, 61, 1963.
BUCHER, F., « Design in Gothic Architecture. A Preliminary Assessment », *Journal of the Society of Architectural Historians*, 27, 1968.
—, *Architector. The Lodge Books and Sketchbooks of Medieval Architects*, t. 1, New York, 1970.
CASTELNUOVO, E., *Un pittore italiano alla corte di Avignone. Matteo Giovanetti e la pittura in Provenza nel secolo XIV*, Einaudi, Turin, 1962.
Chefs-d'œuvre de la tapisserie du XIVe au XVIe siècle (catalogue de l'exposition de Paris, Grand Palais), Paris, 1973.
DALMASES, N., et JOSE-PITARCH, A., « L'art gotic, s. XIV-XV », *Historia de l'art català*, t. 3, Barcelone, 1984.
DURAN SANPERE, A., et AINAUD DE LASARTE, J., *Escultura, gotica*, Madrid, 1956.
DURLIAT, M., *L'Art dans le royaume de Majorque*, Toulouse, 1962.
ERLANDE-BRANDENBOURG, A., *La Cathédrale*, Paris, 1992.
ERLANDE-BRANDENBOURG, A., *La Conquête de l'Europe, 1260-1380*, Paris, 1987.
L'Europe gothique, XIIe-XIVe siècle (catalogue de l'exposition, Paris, musée du Louvre, pavillon de Flore,

avril-juillet 1968), Paris, 1968.
FOLCH I TORRES, J., *L'Art català*, I, Barcelone, 1955.
LAVEDAN, P., *L'Architecture gothique religieuse en Catalogne, Valence et Baléares*, Paris, 1935.
LESTOCQUOY, J., *Deux Siècles de l'histoire de la tapisserie (1300-1500)*, Arras, 1978.
PUIG I CADAFALCH, J., « El problema de la transformacio de la catedral del nord importada a Catalunya. Contribucio a l'estudi de la arquitectura gotica meridional », *Miscellania Prat de la Riba*, Barcelone, 1927.
SAUERLÄNDER, W., *Le Monde gothique. Le siècle des cathédrales*, 1140-1260, Paris, 1989.
SHELBY, L. R., *Gothic Design Techniques*, Londres-Amsterdam, 1977.
The Year 1200 : A Symposium, éd. F. Avril *et al.*, New York, 1965.

Chronologies

EUROPE

380	L'édit de Théodose fait du christianisme la religion de l'Empire romain.
395	L'Empire romain est partagé : Empire d'Orient, Empire d'Occident.
476	L'Empire romain d'Occident est aboli.
800	Couronnement impérial de Charlemagne.
875	Charles le Chauve empereur.
888	Charles III le Gros est déposé du trône impérial.
962	Otton Ier, roi en Germanie, restaure l'Empire à son profit.
1054	Un schisme provoque la séparation officielle des Églises de Constantinople et de Rome.
1095	Le pape Urbain II lance l'appel à la croisade.
1099	Jérusalem est prise par les croisés.
1147-1149	Deuxième croisade.
1202	Le pape Innocent III revendique la souveraineté universelle du Saint-Siège.
1204	Quatrième croisade. Les croisés pillent Constantinople et fondent un Empire latin.
1215	IVe concile du Latran.
1274	IIe concile de Lyon.
1275	Le Vénitien Marco Polo en Extrême-Orient.
1291	La prise d'Acre sonne la fin des royaumes croisés d'Orient.

1309-1377	Papauté d'Avignon.	1396	Défaite des croisés devant les Turcs à Nicopolis.
1348-1351	Grande Peste.		
1377-1383	Révoltes dans toute l'Europe.		
1378-1417	Grand schisme d'Occident, entre deux obédiences, avignonnaise et romaine.	1431-1439	Au concile de Bâle, triomphe temporaire du conciliarisme qui limite l'autorité pontificale.

ITALIE ET ADRIATIQUE

410	Le Goth Alaric pille Rome.	754	Le roi franc Pépin le Bref intervient en Italie contre les Lombards.
481-493	L'Italie est conquise par les Ostrogoths.		
524	Le roi ostrogoth Théodoric fait exécuter Boèce.	773-774	Charlemagne fait la conquête du royaume des Lombards.
533-540	Les Byzantins reprennent l'Italie.	846	Les Sarrasins pillent Rome.
568-572	Les Lombards occupent l'Italie du Nord.	902	Les Arabes achèvent la conquête de la Sicile.
590-604	Grégoire le Grand.	1059	Des Normands établis en Pouilles et Calabre créent un duché reconnu par le pape.
614	Saint Colomban fonde le monastère de Bobbio.		
620-641	Serbes et Croates s'installent dans les Balkans.	1071	Les Normands prennent Bari, dernier bastion byzantin en Italie.
653	Conversion des Lombards au catholicisme.	1082	Venise obtient des privilèges commerciaux dans l'Empire byzantin.
715-744	Conflits entre les papes et les Lombards.	1091	Les Normands détruisent la domination arabe en Sicile.
751	Fin de la présence byzantine en Italie.		

Chronologies

1130	Le Normand Roger II de Sicile est couronné roi ; il tente des conquêtes en Tunisie et dans le Péloponnèse.
1160	Frédéric Ier dévaste Milan.
1167	Les communes lombardes et une ligue formée autour de Vérone et Venise avec le pape se soulèvent contre Frédéric Ier.
1176	À Constance, Frédéric Ier reconnaît l'autonomie des communes lombardes.
1194	Le royaume de Sicile passe par mariage aux Hohenstaufen.
1197	Le marchand Homebon de Crémone est canonisé.
1202-1204	Venise s'implante dans les mers Égée et Noire à la faveur de la quatrième croisade.
v. 1210	François d'Assise fonde ses premières communautés.
1237	Victoire de Frédéric II, roi de Sicile, empereur, sur la Ligue des cités lombardes.
v. 1255	Le dominicain Jacques de Voragine rédige sa *Légende dorée*.
1266	Le royaume de Naples et de Sicile échoit à Charles Ier d'Anjou.
1268	Premiers moulins à papier à Fabriano.
1271	Charles Ier d'Anjou fonde le royaume d'Albanie.
1284	Venise frappe sa monnaie d'or, le ducat, suivant l'exemple du royaume de Sicile, de Gênes et de Florence.
1293	À Florence, victoire de la bourgeoisie sur les nobles *(magnati)*.
1297	Le Grand Conseil de Venise se ferme aux nouveaux venus.
1300	Année du Jubilé à Rome ; apparition de la lettre de change.
1302	Les Aragonais mettent la main sur la Sicile.
1304-1321	Dante Alighieri, *La Divine Comédie*.
1307	Faillite des banquiers siennois Buonsignori.
1343-1346	Faillite des compagnies Bardi et Peruzzi de Florence.
1350-1355	Boccace, *Decameron*.
1378	Révolte des Ciompi à Florence.
1378-1381	Une guerre entre Gênes et Venise se termine à l'avantage de celle-ci.

1380	Mort de Catherine de Sienne.		vallée du Pô jusqu'à l'Adda.
1382	Expédition italienne du duc Louis d'Anjou.	1434	Cosme de Médicis exerce le pouvoir réel à Florence.
1392-1393	Louis d'Orléans intervient en Italie.	1435-1442	Les Anjou sont dépossédés du royaume de Naples par les Aragonais.
1404-1405	Venise occupe la		

PÉNINSULE IBÉRIQUE

456-457	Les Wisigoths du royaume de Toulouse étendent leur domination sur l'Espagne.		Alphonse VI, reprend Tolède.
		1102	Arrivée des Almoravides en Espagne.
533-565	L'empereur Justinien reconquiert une part de l'Espagne.	1139	Création du royaume de Portugal.
		v. 1140	*Cantar de mio Cid.*
587	Le roi wisigoth Reccared se convertit au catholicisme.	1145	Les Almohades envahissent l'Espagne.
711-713	Les Arabes occupent l'Espagne.	1198	Mort d'Averroès à Cordoue.
717	La résistance chrétienne s'organise dans le réduit des Asturies.	1212	Victoire chrétienne à Las Navas de Tolosa.
785	Grande mosquée de Cordoue.	1230	L'union des royaumes de Castille et León donne aux rois de Castille la prééminence en Espagne.
852	La Navarre s'organise en royaume chrétien.		
914	Les royaumes chrétiens d'Asturies et de León sont réunis autour de León.		
		1236	Prise de Cordoue.
		1248	Reconquête de Séville.
929-1031	Califat de Cordoue.	1252-1284	Alphonse X le Sage, roi de Castille.
1085	Le roi de Castille,		

Chronologies

1258	Traité entre le roi de France et le roi d'Aragon.		l'université de Lisbonne.
1262	Un partage du royaume d'Aragon donne naissance au royaume de Majorque.	1297	Les rois de Castille et de Portugal concluent un traité reconnaissant définitivement la frontière des deux pays.
1282	Pierre III réunit la Sicile à son royaume d'Aragon.	1391	Persécutions de juifs.
1290	Fondation de	1415	Premier établissement portugais en Afrique du Nord (Ceuta).

ROYAUMES INSULAIRES

441-450	Angles et Saxons consolident leur colonisation du sud de l'île Britannique.		sur l'Angleterre et la Scandinavie.
664	Le synode de Whitby établit les coutumes liturgiques romaines en Angleterre (sauf au pays de Galles et en Cornouailles).	1066	Guillaume le Conquérant, duc de Normandie, s'empare de l'Angleterre.
v. 793	Premiers raids vikings en Angleterre.	1085	*Domesday Book,* recensant les fiefs anglais après la conquête.
825	La dynastie du Wessex domine le sud de l'Angleterre et noue des relations avec l'Empire carolingien.	v. 1146	Adélard de Bath, *Astrolabium*.
		1154	Henri II Plantagenêt devient roi d'Angleterre et duc d'Aquitaine.
878	Le roi de Wessex, Alfred, inflige une sévère défaite aux Vikings.	1165	L'archevêque de Canterbury Thomas Becket est exilé en France.
954	Chute du royaume danois d'York.	1170	Thomas Becket est assassiné dans la cathédrale de Canterbury ; il est canonisé en 1173.
1030-1035	Hégémonie danoise		

130 — Art et Société au Moyen Age

1171	Prise de Dublin par Henri II.	1259	Henri III fait hommage à Louis IX à Paris.
1202	Le roi d'Angleterre Jean sans Terre est condamné par la cour de Philippe Auguste à la confiscation de ses fiefs français.	1259-1265	Les barons se révoltent contre Henri III.
		1297	Edouard Ier reconnaît les prérogatives du Parlement anglais.
1215	Grande charte consacrant les libertés des barons face au roi d'Angleterre.	1300	Duns Scot enseigne à Oxford.
		1310-1315	Guillaume d'Ockham à Oxford.
1224-1235	Robert Grosseteste, chancelier de l'université d'Oxford.	1377-1382	Mouvement des Lollards, inspiré par John Wyclif.
		1387-1400	Geoffrey Chaucer, *Canterbury Tales*.
1246-1247	Robert Grosseteste traduit l'*Éthique à Nicomaque* d'Aristote.	1396	Richard II épouse la fille du roi de France Charles VI.
1258	Henri III doit concéder les *Provisions* d'Oxford.	1430	Le roi d'Angleterre Henri VI est couronné roi de France.

L'EUROPE CENTRALE ET SEPTENTRIONALE

537	Dédicace de Sainte-Sophie de Constantinople.	738	Le moine Boniface est chargé d'organiser la christianisation de la Germanie
578	Début des invasions slaves dans les Balkans.	VIIIe siècle	Fondation de la principauté slave de Grande-Moravie.
728-843	Querelle des images dans l'Empire byzantin.	787	Le concile de Nicée II met fin temporairement à l'iconoclasme.
735	Les Magyars s'établissent entre le Dniepr et le Don.		

Chronologies

v. 850	Des principautés se forment à Kiev et Novgorod, sous influence viking.
862	Cyrille et Méthode en Moravie.
900	La liturgie romaine est rétablie en Moravie.
919	L'extinction des rois carolingiens de Germanie donne la royauté au duc de Saxe Henri Ier.
v. 925	Les Magyars s'établissent en Pannonie.
955	Défaite des Magyars sur le Lech (Bavière).
966	Baptêmes du roi Harald à la Dent bleue, du duc polonais Mieszko.
972	L'empereur Otton II épouse Théophano, fille du basileus de Constantinople.
988	Le prince de Kiev se convertit au christianisme byzantin.
1000	Le roi Étienne de Hongrie impose la conversion des Magyars au christianisme romain ; autour de l'an mil, les pays scandinaves et l'Islande se soumettent aussi à l'influence romaine.
1077	L'empereur Henri IV se soumet au pape (Canossa).
1102	Le roi Coloman de Hongrie réunit la Croatie à sa couronne.
1122	Le Concordat de Worms met fin à la querelle des Investitures, commencée en 1076.
1137	Élection de Conrad III de Hohenstaufen sur le trône de Germanie.
1141-1150	Hildegarde de Bingen, *Scivias*.
1152	Frédéric Ier Barberousse empereur.
v. 1170	*Rolandslied* du Pfaffe Konrad.
v. 1210	Gottfried von Strassburg, *Tristan* ; Wolfram von Eschenbach, *Parzifal*.
1220	Frédéric II empereur.
v. 1222	Les Dominicains s'installent à Cologne.
v. 1230	Les Tatars dévastent le sud de la Russie.
1241-1242	Les Tatars pillent la Hongrie jusqu'à Buda.
1242	Alexandre Nevski remporte une victoire sur les chevaliers Teutoniques.
1261	Fin de l'Empire latin de Constantinople.
v. 1280	*Carmina burana* (Bavière).

132 — Art et Société au Moyen Age

v. 1300	La Scandinavie passe sous contrôle de la Hanse.	1370	Rapprochement entre Hongrie et Pologne.
1307	Le Capétien Charles Ier Robert, roi de Naples, est élu roi de Hongrie.	1380	Union de la Norvège et du Danemark.
		1387	Sigismond, fils de l'empereur Charles IV, est élu roi de Hongrie.
1329	Le pape Jean XXII condamne les doctrines de Maître Eckhart.	1410	Sigismond devient empereur.
1348	Fondation de l'université de Prague.	1414-1436	Guerres hussites.
		1433	Sacre impérial de Sigismond.
1354	Les Turcs passent en Europe.	1438	La couronne impériale échoit définitivement aux Habsbourg.
1355	Le roi de Bohême Charles IV devient empereur.		
1364	Création de l'université de Cracovie.	1453	Prise de Constantinople par les Turcs.

LES FRANCS ET LA FRANCE

481-511	Clovis, roi des Francs.		des écoles dans les royaumes francs.
687	Pépin de Herstal contrôle le nord de la Gaule franque.	843	L'Empire franc est partagé entre les trois fils de Louis le Pieux.
720	Fondation du monastère de Saint-Gall.	875	Couronnement impérial de Charles le Chauve.
732	Bataille de Poitiers.		
751	Pépin roi des Francs.	885	Siège de Paris par les Normands.
v. 800	Charlemagne et Harun al-Rachid échangent des cadeaux.	909	Fondation de Cluny.
		911	Le chef viking Rollon crée la principauté de Normandie.
v. 840	Des Irlandais fondent		

Chronologies

987	Hugues Capet devient roi des Francs occidentaux.
989	Assemblée de paix à Charroux.
999	Gerbert d'Aurillac devient pape.
1098	Fondation de Cîteaux.
1142	Pierre Abélard, *Dialogue entre un philosophe, un juif et un chrétien*.
1152-1155	Pierre Lombard, *Livre des Sentences*.
1153	Mort de Bernard de Clairvaux.
1160-1185	Œuvres de Chrétien de Troyes.
1202-1204	Philippe Auguste confisque les fiefs français du roi d'Angleterre.
1208-1213	Croisade albigeoise.
1214	Bataille de Bouvines.
1215	Statuts de l'Université de Paris.
1259	Au traité de Paris, le roi d'Angleterre Henri III Plantagenêt renonce à ses droits dans le royaume de France où il ne garde que l'Aquitaine.
1265-1272	Thomas d'Aquin, *Somme théologique*.
1270	Louis IX meurt devant Tunis lors de la huitième croisade.
1270-1277	Condamnations à Paris de l'averroïsme.
1275-1280	*Roman de la Rose* de Jean de Meung, continuateur de Guillaume de Lorris (v. 1234).
1302	L'armée de Philippe le Bel est vaincue par les Flamands.
1306	Expulsion des Juifs de France.
1328	Rupture dynastique : la couronne de France passe des Capétiens aux Valois.
1337	Début de la guerre de Cent Ans.
1356	Le Prince Noir remporte la bataille de Poitiers.
1384	Le duc de Bourgogne, Philippe le Hardi, hérite de la Flandre et de l'Artois.
1415	Bataille d'Azincourt.
1429	Jeanne d'Arc libère Orléans.
1436	Paris est reprise aux Anglais.

Index

Abélard, 50, 71.
Aix, 24.
Allemagne, 32, 84.
Amalfi, 57.
Angers, 46.
Angleterre, 19, 22, 36, 83, 84, 87.
Apocalypse, 48, 52.
Aquitaine, 37, 48.
Arras, 8.
Augustins, 76.
Aurillac, 46.
Autun, 102.
Avignon, 87, 103, 106, 107.
Avars, 28.

Barcelone, 81, 107.
Bavière, 57.
Benoît de Nursie, 19.
Bernard, maître de l'école cathédrale d'Angers, 46.
Bologne, 81.
Bonaventure, 72.
Boniface, 22, 23.
Bourgogne, 37, 45, 48.
Bruges, 107.
Burgos, 69.

Byzance, 32, 81.

Calixte II, pape, 52.
Campanie, 39.
Capétiens, 103.
Capoue, 82.
Carmes, 76.
Castille, 81.
Catalogne, 29, 37.
Champagne, 38.
Charlemagne, empereur, 23, 24, 26, 28, 31, 36, 64, 105.
Charles le Chauve, 24, 47.
Charles IV, empereur, 95, 106.
Charles V, roi de France, 93.
Chartres, 52, 74.
Charteuse, Chartreux, 55.
Christ, 8, 44, 47, 48, 52, 64, 74, 77, 80, 96.
Cîteaux, Cisterciens, 55, 56, 59, 82.
Clairvaux, Bernard de, 9.
Clovis, 15.
Cluny, Clunisiens, 43-45, 47, 49, 52, 55, 97.
Cologne, 80, 107.
Compiègne, 25.

Conques, Sainte-Foy, 46.
Constantin, empereur, 15, 16, 24, 64.
Constantinople, 12, 37.

Dagobert, roi de France, 47.
Dante, 70, 82.
Denys l'Aréopagite, 72.
Dijon, 107.
Dominique, Dominicains, Frères prêcheurs, 75, 76, 78, 93.
Duns Scot, 88, 89.

Espagne, 14, 23, 27, 37, 39, 40, 53, 57, 84.
Évangile, l', Évangiles, 13, 52, 72, 75, 77.

Ferdinand Ier.
Ferdinand III.
Flandre, Flamands, 37, 38, 57, 84.
Florence, 107.
Framagouste, 69.
François d'Assise, Franciscains, 8, 75-78
Franconie, 57.
Frédéric II, empereur, 63, 82, 107.
Frédéric Barberousse, 63.

Gaule, 14, 19, 22-24, 46, 47.
Gelmirez, archevêque, 100.
Gênes, 37.
Germanie, 14, 21, 23, 31, 32, 38.
Giotto, 82, 90.
Grande-Bretagne, 19, 38.
Grégoire le Grand, pape, 17-19.

Gubbio, 89.
Guillaume de Volpiano, 106.
Guillaume d'Ockham, 88, 89.
Guillaume le Conquérant, 95.

Henri II, empereur, 44.
Hongrie, 59.
Hugues, abbé de Cluny, (Hughes de Semur), 45.

Île-de-France, 48, 69.
Innocent III, pape, 64, 103.
Irlande, 18, 19, 27.
Italie, 13, 19, 23, 32, 37, 38, 75, 81, 84, 85, 106.

Jean, duc de Berry, 93.
Jérusalem, 8, 16, 37, 45, 52.
Joachim de Flore, 91.
Justinien, empereur, 13.

Karlstein, 95.

Languedoc, 75.
Limbourg, frères, 89.
Lombardie, 81.
Lombards, 22, 23.
Lyon, 105.

Marco Polo, 58.
Marguerite Porete, 91.
Matteo de Viterbe, 90.
Mayence, 22, 105.
Moissac, 74.
Montpellier, 81.

Nicosie, 69.
Normandie, 37.
Notre-Dame, 75.

Index

Odilon, abbé de Cluny, 45.
Ombrie, 81.
Orléans, 25.
Orvieto, 105.
Otton, roi des Germains, 31, 64.
Otton II, empereur, 32.
Otton III, empereur, 32.
Oxford, 80.

Pampelune, 105.
Pannonie, 28.
Paris, 38, 50, 63, 64, 75, 80, 88, 91, 106, 107.
Passion du Christ, 48.
Pécs, 69.
Pépin (le Bref), roi des Francs, 22, 23.
Pierre de Lyon, 75.
Pise, 37, 81, 101.
Poitiers, 100.
Pologne, 59.
Portugal, 84.
Provence, 27, 45.

Raoul, moine, 40.
Ravenne, 13, 24.
Reims, 25, 69.
Robert Grosseteste, 72.
Romagne, 81.
Rome, 12, 13, 15, 19, 22-25, 27, 33, 38, 44, 45, 51, 64, 65, 79, 82, 103.

saints, saintes.
  Anselme, 92.
  Benoît, 21, 44.
  Bernard, 51, 76, 106.
  Foy, 46.
  Jacques, 40.
  Jean, 48.
  Jérôme, 16.
  Marie Madeleine, 54.
  Paul, 8, 12, 52.
  Pierre, 12, 15, 23, 64, 65, 87, 103.
Saint-Denis, 22, 38, 47, 52, 71, 72.
Saint-Jacques-de-Compostelle, 40, 100.
Saint Louis, 77, 80, 82, 95, 103, 106.
Sainte-Chapelle, 80, 95.
Salerne, 81.
San Vitale, 24.
Saxe, 29, 31.
Sicile, 27, 37, 39, 81.
Sienne, 89.
Suger, abbé de Saint-Denis, 47, 49, 50, 71-73.

« Tapisserie » de Bayeux, 36.
Théodorie, roi ostrogoth, 15.
Thomas d'Aquin, 70, 72, 73, 88.
Toscane, 81.
Très Riches Heures du duc de Berry, 89, 102.
Trondheim, 69.

Valois, 90.
Venise, 37, 57, 107.
Vézelay, 74.
Vikings, 27.
Villard de Honnecourt, 62.
Visconti, 90.

York, 69.
Ypres, 89.

Table

V^e-Xe siècle 11

960-1160 31

1160-1320 57

1320-1400 83

Bibliographie 109

Chronologies 125

Index 135

RÉALISATION : PAO ÉDITIONS DU SEUIL
IMPRESSION : MAURY-EUROLIVRES S.A. À MANCHECOURT (11-01)
DÉPÔT LÉGAL : OCTOBRE 1997. N° 31607-2 (01/10/90518)

Collection Points

SÉRIE HISTOIRE

H1. Histoire d'une démocratie : Athènes
Des origines à la conquête macédonienne
par Claude Mossé
H2. Histoire de la pensée européenne
1. L'éveil intellectuel de l'Europe du IXe au XIIe siècle
par Philippe Wolff
H3. Histoire des populations françaises et de leurs attitudes
devant la vie depuis le XVIIIe siècle
par Philippe Ariès
H4. Venise, portrait historique d'une cité
par Philippe Braunstein et Robert Delort
H5. Les Troubadours, *par Henri-Irénée Marrou*
H6. La Révolution industrielle (1770-1880)
par Jean-Pierre Rioux
H7. Histoire de la pensée européenne
4. Le siècle des Lumières
par Norman Hampson
H8. Histoire de la pensée européenne
3. Des humanistes aux hommes de science
par Robert Mandrou
H9. Histoire du Japon et des Japonais
1. Des origines à 1945, *par Edwin O. Reischauer*
H10. Histoire du Japon et des Japonais
2. De 1945 à 1970, *par Edwin O. Reischauer*
H11. Les Causes de la Première Guerre mondiale
par Jacques Droz
H12. Introduction à l'histoire de notre temps
L'Ancien Régime et la Révolution
par René Rémond
H13. Introduction à l'histoire de notre temps
Le XIXe siècle, *par René Rémond*
H14. Introduction à l'histoire de notre temps
Le XXe siècle, *par René Rémond*
H15. Photographie et Société, *par Gisèle Freund*
H16. La France de Vichy (1940-1944), *par Robert O. Paxton*
H17. Société et Civilisation russes au XIXe siècle
par Constantin de Grunwald
H18. La Tragédie de Cronstadt (1921), *par Paul Avrich*
H19. La Révolution industrielle du Moyen Age
par Jean Gimpel
H20. L'Enfant et la Vie familiale sous l'Ancien Régime
par Philippe Ariès

- H21. De la connaissance historique
  par Henri-Irénée Marrou
- H22. André Malraux, une vie dans le siècle
  par Jean Lacouture
- H23. Le Rapport Khrouchtchev et son histoire
  par Branko Lazitch
- H24. Le Mouvement paysan chinois (1840-1949)
  par Jean Chesneaux
- H25. Les Misérables dans l'Occident médiéval
  par Jean-Louis Goglin
- H26. La Gauche en France depuis 1900
  par Jean Touchard
- H27. Histoire de l'Italie du Risorgimento à nos jours
  par Sergio Romano
- H28. Genèse médiévale de la France moderne, XIVe-XVe siècle
  par Michel Mollat
- H29. Décadence romaine ou Antiquité tardive, IIIe-VIe siècle
  par Henri-Irénée Marrou
- H30. Carthage ou l'Empire de la mer, *par François Decret*
- H31. Essais sur l'histoire de la mort en Occident
  du Moyen Age à nos jours, *par Philippe Ariès*
- H32. Le Gaullisme (1940-1969), *par Jean Touchard*
- H33. Grenadou, paysan français
  par Ephraïm Grenadou et Alain Prévost
- H34. Piété baroque et Déchristianisation en Provence
  au XVIIIe siècle, *par Michel Vovelle*
- H35. Histoire générale de l'Empire romain
  1. Le Haut-Empire, *par Paul Petit*
- H36. Histoire générale de l'Empire romain
  2. La crise de l'Empire, *par Paul Petit*
- H37. Histoire générale de l'Empire romain
  3. Le Bas-Empire, *par Paul Petit*
- H38. Pour en finir avec le Moyen Age, *par Régine Pernoud*
- H39. La Question nazie, *par Pierre Ayçoberry*
- H40. Comment on écrit l'histoire, *par Paul Veyne*
- H41. Les Sans-culottes, *par Albert Soboul*
- H42. Léon Blum, *par Jean Lacouture*
- H43. Les Collaborateurs (1940-1945)
  par Pascal Ory
- H44. Le Fascisme italien (1919-1945)
  par Pierre Milza et Serge Berstein
- H45. Comprendre la révolution russe
  par Martin Malia
- H46. Histoire de la pensée européenne
  6. L'ère des masses, *par Michaël D. Biddiss*
- H47. Naissance de la famille moderne
  par Edward Shorter

H48. Le Mythe de la procréation à l'âge baroque
par Pierre Darmon
H49. Histoire de la bourgeoisie en France
1. Des origines aux Temps modernes
par Régine Pernoud
H50. Histoire de la bourgeoisie en France
2. Les Temps modernes, *par Régine Pernoud*
H51. Histoire des passions françaises (1848-1945)
1. Ambition et amour, *par Theodore Zeldin*
H52. Histoire des passions françaises (1848-1945)
2. Orgueil et intelligence, *par Theodore Zeldin* (épuisé)
H53. Histoire des passions françaises (1848-1945)
3. Goût et corruption, *par Theodore Zeldin*
H54 Histoire des passions françaises (1848-1945)
4. Colère et politique, *par Theodore Zeldin*
H55. Histoire des passions françaises (1848-1945)
5. Anxiété et hypocrisie, *par Theodore Zeldin*
H56. Histoire de l'éducation dans l'Antiquité
1. Le monde grec, *par Henri-Irénée Marrou*
H57. Histoire de l'éducation dans l'Antiquité
2. Le monde romain, *par Henri-Irénée Marrou*
H58. La Faillite du Cartel, 1924-1926
(Leçon d'histoire pour une gauche au pouvoir)
par Jean-Noël Jeanneney
H59. Les Porteurs de valises
par Hervé Hamon et Patrick Rotman
H60. Histoire de la guerre d'Algérie, 1954-1962
par Bernard Droz et Évelyne Lever
H61. Les Occidentaux, *par Alfred Grosser*
H62. La Vie au Moyen Age, *par Robert Delort*
H63. Politique étrangère de la France
(La Décadence, 1932-1939)
par Jean-Baptiste Duroselle
H64. Histoire de la guerre froide
1. De la révolution d'Octobre à la guerre de Corée, 1917-1950
par André Fontaine
H65. Histoire de la guerre froide
2. De la guerre de Corée à la crise des alliances, 1950-1963
par André Fontaine
H66. Les Incas, *par Alfred Métraux*
H67. Les Écoles historiques, *par Guy Bourdé et Hervé Martin*
H68. Le Nationalisme français, 1871-1914, *par Raoul Girardet*
H69. La Droite révolutionnaire, 1885-1914, *par Zeev Sternhell*
H70. L'Argent caché, *par Jean-Noël Jeanneney*
H71. Histoire économique de la France du XVIIIe siècle à nos jours
1. De l'Ancien Régime à la Première Guerre mondiale
par Jean-Charles Asselain

H72. Histoire économique de la France du XVIIIe siècle à nos jours
2. De 1919 à la fin des années 1970
par Jean-Charles Asselain
H73. La Vie politique sous la IIIe République
par Jean-Marie Mayeur
H74. La Grèce archaïque d'Homère à Eschyle
par Claude Mossé
H75. Histoire de la « détente », 1962-1981
par André Fontaine
H76. Études sur la France de 1939 à nos jours
par la revue « L'Histoire »
H77. L'Afrique au XXe siècle, *par Elikia M'Bokolo*
H78. Les Intellectuels au Moyen Age, *par Jacques Le Goff*
H79. Fernand Pelloutier, *par Jacques Julliard*
H80. L'Église des premiers temps, *par Jean Daniélou*
H81. L'Église de l'Antiquité tardive, *par Henri-Irénée Marrou*
H82. L'Homme devant la mort
1. Le temps des gisants, *par Philippe Ariès*
H83. L'Homme devant la mort
2. La mort ensauvagée, *par Philippe Ariès*
H84. Le Tribunal de l'impuissance, *par Pierre Darmon*
H85. Histoire générale du XXe siècle
1. Jusqu'en 1949. Déclins européens
par Bernard Droz et Anthony Rowley
H86. Histoire générale du XXe siècle
2. Jusqu'en 1949. La naissance du monde contemporain
par Bernard Droz et Anthony Rowley
H87. La Grèce ancienne, *par la revue « L'Histoire »*
H88. Les Ouvriers dans la société française
par Gérard Noiriel
H89. Les Américains de 1607 à nos jours
1. Naissance et essor des États-Unis, 1607 à 1945
par André Kaspi
H90. Les Américains de 1607 à nos jours
2. Les États-Unis de 1945 à nos jours, *par André Kaspi*
H91. Le Sexe et l'Occident, *par Jean-Louis Flandrin*
H92. Le Propre et le Sale, *par Georges Vigarello*
H93. La Guerre d'Indochine, 1945-1954
par Jacques Dalloz
H94. L'Édit de Nantes et sa révocation
par Janine Garrisson
H95. Les Chambres à gaz, secret d'État
par Eugen Kogon, Hermann Langbein et Adalbert Rückerl
H96. Histoire générale du XXe siècle
3. Depuis 1950. Expansion et indépendance (1950-1973)
par Bernard Droz et Anthony Rowley
H97. La Fièvre hexagonale, 1871-1968, *par Michel Winock*

H98.	La Révolution en questions, *par Jacques Solé*
H99.	Les Byzantins, *par Alain Ducellier*
H100.	Les Croisades, *par la revue « L'Histoire »*
H101.	La Chute de la monarchie (1787-1792) *par Michel Vovelle*
H102.	La République jacobine (10 août 1792 - 9 Thermidor an II) *par Marc Bouloiseau*
H103.	La République bourgeoise (de Thermidor à Brumaire, 1794-1799) *par Denis Woronoff*
H104.	L'Épisode napoléonien Aspects intérieurs (1799-1815), *par Louis Bergeron*
H105.	La France napoléonienne Aspects extérieurs (1799-1815) *par Roger Dufraisse et Michel Kerautret*
H106.	La France des notables (1815-1848) 1. L'évolution générale *par André Jardin et André-Jean Tudesq*
H107.	La France des notables (1815-1848) 2. La vie de la nation *par André Jardin et André-Jean Tudesq*
H108.	1848 ou l'Apprentissage de la République (1848-1852) *par Maurice Agulhon*
H109.	De la fête impériale au mur des fédérés (1852-1871) *par Alain Plessis*
H110.	Les Débuts de la Troisième République (1871-1898) *par Jean-Marie Mayeur*
H111.	La République radicale ? (1898-1914) *par Madeleine Rebérioux*
H112.	Victoire et Frustrations (1914-1929) *par Jean-Jacques Becker et Serge Berstein*
H113.	La Crise des années 30 (1929-1938) *par Dominique Borne et Henri Dubief*
H114.	De Munich à la Libération (1938-1944) *par Jean-Pierre Azéma*
H115.	La France de la Quatrième République (1944-1958) 1. L'ardeur et la nécessité (1944-1952) *par Jean-Pierre Rioux*
H116.	La France de la Quatrième République (1944-1958) 2. L'expansion et l'impuissance (1952-1958) *par Jean-Pierre Rioux*
H117.	La France de l'expansion (1958-1974) 1. La République gaullienne (1958-1969) *par Serge Berstein*
H118.	La France de l'expansion (1958-1974) 2. L'apogée Pompidou (1969-1974) *par Serge Berstein et Jean-Pierre Rioux*

H119. Crises et Alternances (1974-1995)
*par Jean-Jacques Becker
avec la collaboration de Pascal Ory*
H120. La France du XXᵉ siècle (Documents d'histoire)
présentés par Olivier Wieviorka et Christophe Prochasson
H121. Les Paysans dans la société française
par Annie Moulin
H122. Portrait historique de Christophe Colomb
par Marianne Mahn-Lot
H123. Vie et Mort de l'ordre du Temple, *par Alain Demurger*
H124. La Guerre d'Espagne, *par Guy Hermet*
H125. Histoire de France, *sous la direction de Jean Carpentier et François Lebrun*
H126. Empire colonial et Capitalisme français
par Jacques Marseille
H127. Genèse culturelle de l'Europe (Vᵉ-VIIIᵉ siècle)
par Michel Banniard
H128. Les Années trente, *par la revue « L'Histoire »*
H129. Mythes et Mythologies politiques, *par Raoul Girardet*
H130. La France de l'an Mil, *collectif*
H131. Nationalisme, Antisémitisme et Fascisme en France
par Michel Winock
H132. De Gaulle 1. Le rebelle (1890-1944)
par Jean Lacouture
H133. De Gaulle 2. Le politique (1944-1959)
par Jean Lacouture
H134. De Gaulle 3. Le souverain (1959-1970)
par Jean Lacouture
H135. Le Syndrome de Vichy, *par Henry Rousso*
H136. Chronique des années soixante, *par Michel Winock*
H137. La Société anglaise, *par François Bédarida*
H138. L'Abîme 1939-1944. La politique étrangère de la France
par Jean-Baptiste Duroselle
H139. La Culture des apparences, *par Daniel Roche*
H140. Amour et Sexualité en Occident, *par la revue « L'Histoire »*
H141. Le Corps féminin, *par Philippe Perrot*
H142. Les Galériens, *par André Zysberg*
H143. Histoire de l'antisémitisme 1. L'âge de la foi
par Léon Poliakov
H144. Histoire de l'antisémitisme 2. L'âge de la science
par Léon Poliakov
H145. L'Épuration française (1944-1949), *par Peter Novick*
H146. L'Amérique latine au XXᵉ siècle (1889-1929)
par Leslie Manigat
H147. Les Fascismes, *par Pierre Milza*
H148. Histoire sociale de la France au XIXᵉ siècle
par Christophe Charle

H149. L'Allemagne de Hitler, *par la revue « L'Histoire »*
H150. Les Révolutions d'Amérique latine
par Pierre Vayssière
H151. Le Capitalisme « sauvage » aux États-Unis (1860-1900)
par Marianne Debouzy
H152. Concordances des temps, *par Jean-Noël Jeanneney*
H153. Diplomatie et Outil militaire
par Jean Doise et Maurice Vaïsse
H154. Histoire des démocraties populaires
1. L'ère de Staline, *par François Fejtö*
H155. Histoire des démocraties populaires
2. Après Staline, *par François Fejtö*
H156. La Vie fragile, *par Arlette Farge*
H157. Histoire de l'Europe, *sous la direction de Jean Carpentier et François Lebrun*
H158. L'État SS, *par Eugen Kogon*
H159. L'Aventure de l'Encyclopédie, *par Robert Darnton*
H160. Histoire générale du XXe siècle
4. Crises et mutations de 1973 à nos jours
par Bernard Droz et Anthony Rowley
H161. Le Creuset français, *par Gérard Noiriel*
H162. Le Socialisme en France et en Europe, XIXe-XXe siècle
par Michel Winock
H163. 14-18 : Mourir pour la patrie, *par la revue « L'Histoire »*
H164. La Guerre de Cent Ans vue par ceux qui l'ont vécue
par Michel Mollat du Jourdin
H165. L'École, l'Église et la République, *par Mona Ozouf*
H166. Histoire de la France rurale
1. La formation des campagnes françaises
(des origines à 1340)
sous la direction de Georges Duby et Armand Wallon
H167. Histoire de la France rurale
2. L'âge classique des paysans (de 1340 à 1789)
sous la direction de Georges Duby et Armand Wallon
H168. Histoire de la France rurale
3. Apogée et crise de la civilisation paysanne
(de 1789 à 1914)
sous la direction de Georges Duby et Armand Wallon
H169. Histoire de la France rurale
4. La fin de la France paysanne (depuis 1914)
sous la direction de Georges Duby et Armand Wallon
H170. Initiation à l'Orient ancien, *par la revue « L'Histoire »*
H171. La Vie élégante, *par Anne Martin-Fugier*
H172. L'État en France de 1789 à nos jours
par Pierre Rosanvallon
H173. Requiem pour un empire défunt, *par François Fejtö*
H174. Les animaux ont une histoire, *par Robert Delort*

- H175. Histoire des peuples arabes, *par Albert Hourani*
- H176. Paris, histoire d'une ville, *par Bernard Marchand*
- H177. Le Japon au XXe siècle, *par Jacques Gravereau*
- H178. L'Algérie des Français, *par la revue « L'Histoire »*
- H179. L'URSS de la Révolution à la mort de Staline, 1917-1953
  par Hélène Carrère d'Encausse
- H180. Histoire médiévale de la Péninsule ibérique
  par Adeline Rucquoi
- H181. Les Fous de la République, *par Pierre Birnbaum*
- H182. Introduction à la préhistoire, *par Gabriel Camps*
- H183. L'Homme médiéval
  collectif sous la direction de Jacques Le Goff
- H184. La Spiritualité du Moyen Age occidental (VIIIe-XIIIe siècle)
  par André Vauchez
- H185. Moines et Religieux au Moyen Age
  par la revue « L'Histoire »
- H186. Histoire de l'extrême droite en France, *ouvrage collectif*
- H187. Le Temps de la guerre froide, *par la revue « L'Histoire »*
- H188. La Chine, tome 1 (1949-1971)
  par Jean-Luc Domenach et Philippe Richer
- H189. La Chine, tome 2 (1971-1994)
  par Jean-Luc Domenach et Philippe Richer
- H190. Hitler et les Juifs, *par Philippe Burrin*
- H192. La Mésopotamie, *par Georges Roux*
- H193. Se soigner autrefois, *par François Lebrun*
- H194. Familles, *par Jean-Louis Flandrin*
- H195. Éducation et Culture dans l'Occident barbare (VIe-VIIIe siècle)
  par Pierre Riché
- H196. Le Pain et le Cirque, *par Paul Veyne*
- H197. La Droite depuis 1789, *par la revue « L'Histoire »*
- H198. Histoire des nations et du nationalisme en Europe
  par Guy Hermet
- H199. Pour une histoire politique, *collectif
  sous la direction de René Rémond*
- H200. « Esprit ». Des intellectuels dans la cité (1930-1950)
  par Michel Winock
- H201. Les Origines franques (Ve-IXe siècle), *par Stéphane Lebecq*
- H202. L'Héritage des Charles (de la mort de Charlemagne
  aux environs de l'an mil), *par Laurent Theis*
- H203. L'Ordre seigneurial (XIe-XIIe siècle)
  par Dominique Barthélemy
- H204. Temps d'équilibres, Temps de ruptures
  par Monique Bourin-Derruau
- H205. Temps de crises, Temps d'espoirs, *par Alain Demurger*
- H206. La France et l'Occident médiéval
  de Charlemagne à Charles VIII
  par Robert Delort (à paraître)

H207. Royauté, Renaissance et Réforme (1483-1559)
par Janine Garrisson
H208. Guerre civile et Compromis (1559-1598)
par Janine Garrisson
H209. La Naissance dramatique de l'absolutisme (1598-1661)
par Yves-Marie Bercé
H210. La Puissance et la Guerre (1661-1715)
par François Lebrun
H211. L'État et les Lumières (1715-1783)
par André Zysberg (à paraître)

H212. La Grèce préclassique, *par Jean-Claude Poursat*
H213. La Grèce au Ve siècle, *par Edmond Lévy*
H214. Le IVe Siècle grec, *par Pierre Carlier*
H215. Le Monde hellénistique (323-188), *par Pierre Cabanes*
H216. Les Grecs (188-31), *par Claude Vial*
H218. La République romaine, *par Jean-Michel David*
H219. Le Haut-Empire romain en Occident
d'Auguste aux Sévères, *par Patrick Le Roux*
H220. Le Haut-Empire romain.
Les provinces de Méditerranée orientale,
d'Auguste aux Sévères, *par Maurice Sartre*
H221. L'Empire romain en mutation, des Sévères à Constantin
(192-337), *par Jean-Michel Carrié et Aline Rousselle*
H225. Douze Leçons sur l'histoire, *par Antoine Prost*
H226. Comment on écrit l'histoire, *par Paul Veyne*
H227. Les Crises du catholicisme en France, *par René Rémond*
H228. Les Arméniens, *par Yves Ternon*
H229. Histoire des colonisations, *par Marc Ferro*
H230. Les Catholiques français sous l'Occupation
par Jacques Duquesne
H231. L'Égypte ancienne, *présentation par Pierre Grandet*
H232. Histoire des Juifs de France, *par Esther Benbassa*
H233. Le Goût de l'archive, *par Arlette Farge*
H234. Économie et Société en Grèce ancienne
par Moses I. Finley
H235. La France de la monarchie absolue 1610-1675
par la revue « L'Histoire »
H236. Ravensbrück, *par Germaine Tillion*
H237. La Fin des démocraties populaires, *par François Fejtö
et Ewa Kulesza-Mietkowski*
H238. Les Juifs pendant l'Occupation, *par André Kaspi*
H239. La France à l'heure allemande (1940-1944)
par Philippe Burrin
H240. La Société industrielle en France (1814-1914)
par Jean-Pierre Daviet
H241. La France industrielle, *par la revue « L'Histoire »*

H242. Éducation, Société et Politiques. Une histoire de l'enseignement en France de 1945 à nos jours
par Antoine Prost
H243. Art et Société au Moyen Age, *par Georges Duby*
H244. L'Expédition d'Égypte 1798-1801, *par Henry Laurens*
H245. L'Affaire Dreyfus, *collectif Histoire*
H246. La Société allemande sous le IIIe Reich
par Pierre Ayçoberry
H247. La Ville en France au Moyen Age
par André Chédeville, Jacques Le Goff et Jacques Rossiaud
H248. Histoire de l'industrie en France du XVIe siècle à nos jours, *par Denis Woronoff*
H249. La Ville des temps modernes
sous la direction d'Emmanuel Le Roy Ladurie
H250. Contre-Révolution, Révolution et Nation
par Jean-Clément Martin
H251. Israël. De Moïse aux accords d'Oslo
par la revue « L'Histoire »
H252. Une histoire des médias des origines à nos jours
par Jean-Noël Jeanneney
H253. Les Prêtres de l'ancienne Égypte, *par Serge Sauneron*
H254. Histoire de l'Allemagne, des origines à nos jours
par Joseph Rovan
H255. La Ville de l'âge industriel
sous la direction de Maurice Agulhon
H256. La France politique, XIXe-XXe siècle
par Michel Winock
H257. La Tragédie soviétique, *par Martin Malia*
H258. Histoire des pratiques de santé
par Georges Vigarello
H259. Les Historiens et le Temps, *par Jean Leduc*
H260. Histoire de la vie privée
1. De l'Empire romain à l'an mil
par Philippe Ariès et Georges Duby
H261. Histoire de la vie privée
2. De l'Europe féodale à la Renaissance
par Philippe Ariès et Georges Duby
H262. Histoire de la vie privée
3. De la Renaissance aux Lumières
par Philippe Ariès et Georges Duby
H263. Histoire de la vie privée
4. De la Révolution à la Grande Guerre
par Philippe Ariès et Georges Duby
H264. Histoire de la vie privée
5. De la Première Guerre mondiale à nos jours
par Philippe Ariès et Georges Duby

H265. Problèmes de la guerre en Grèce ancienne
sous la direction de Jean-Pierre Vernant
H266. Un siècle d'école républicaine
par Jean-Michel Gaillard
H267. L'Homme grec
collectif sous la direction de Jean-Pierre Vernant
H268. Les Origines culturelles de la Révolution française
par Roger Chartier
H269. Les Palestiniens, *par Xavier Baron*
H270. Histoire du viol, *par Georges Vigarello*
H272. Histoire de la France
L'Espace français, *sous la direction
de André Burguière et Jacques Revel*
H273. Histoire de la France
Héritages, *sous la direction
de André Burguière et Jacques Revel*
H274. Histoire de la France
Choix culturels et Mémoire, *sous la direction
de André Burguière et Jacques Revel*
H275. Histoire de la France
La Longue Durée de l'État, *sous la direction
de André Burguière et Jacques Revel*
H276. Histoire de la France
Les Conflits, *sous la direction
de André Burguière et Jacques Revel*
H277. Le Roman du quotidien, *par Anne-Marie Thiesse*
H278. La France du XIXe siècle, *par Francis Démier*
H279. Le Pays cathare, *sous la direction de Jacques Berlioz*
H280. Fascisme, Nazisme, Autoritarisme, *par Philippe Burrin*
H281. La France des années noires, tome 1
*sous la direction de Jean-Pierre Azéma
et François Bédarida*
H282. La France des années noires, tome 2
*sous la direction de Jean-Pierre Azéma
et François Bédarida*
H283. Croyances et Cultures dans la France d'Ancien Régime
par François Lebrun
H284. La République des instituteurs
par Jacques Ozouf et Mona Ozouf
H285. Banque et Affaires dans le monde romain
par Jean Andreau
H286. L'Opinion française sous Vichy, *par Pierre Laborie*
H287. La Vie de saint Augustin, *par Peter Brown*
H288. Le XIXe siècle et l'Histoire, *par François Hartog*
H289. Religion et Société en Europe, *par René Rémond*
H290. Christianisme et Société en France au XIXe siècle
par Gérard Cholvy

H291. Les Intellectuels en Europe au XIXe, *par Christophe Charle*
H292. Naissance et Affirmation d'une culture nationale
par Françoise Mélonio
H293. Histoire de la France religieuse
Collectif sous la direction de Philippe Joutard
H294. La Ville aujourd'hui
sous la direction de Marcel Roncayolo
H295. Les Non-conformistes des années trente
par Jean-Louis Loubet del Bayle
H296. La Création des identités nationales
par Anne-Marie Thiesse
H297. Histoire de la lecture dans le monde occidental
*Collectif sous la direction de Guglielmo Cavallo
et Roger Chartier*
H298. La Société romaine, *Paul Veyne*
H299. Histoire du continent européen
par Jean-Michel Gaillard, Anthony Rowley
H300. Histoire de la Méditerranée
par Jean Carpentier (dir.), François Lebrun

Collection Points

SÉRIE ESSAIS

DERNIERS TITRES PARUS

305. Événements I
     Psychopathologie du quotidien, *par Daniel Sibony*
306. Événements II
     Psychopathologie du quotidien, *par Daniel Sibony*
307. Les Origines du totalitarisme
     Le système totalitaire, *par Hannah Arendt*
308. La Sociologie des entreprises, *par Philippe Bernoux*
309. Vers une écologie de l'esprit 1.
     par Gregory Bateson
310. Les Démocraties, *par Olivier Duhamel*
311. Histoire constitutionnelle de la France
     par Olivier Duhamel
312. Droit constitutionnel, *par Olivier Duhamel*
313. Que veut une femme ?, *par Serge André*
314. Histoire de la révolution russe
     1. Février, *par Léon Trotsky*
315. Histoire de la révolution russe
     2. Octobre, *par Léon Trotsky*
316. La Société bloquée, *par Michel Crozier*
317. Le Corps, *par Michel Bernard*
318. Introduction à l'étude de la parenté
     par Christian Ghasarian
319. La Constitution, *introduction et commentaires*
     par Guy Carcassonne
320. Introduction à la politique
     par Dominique Chagnollaud
321. L'Invention de l'Europe, *par Emmanuel Todd*
322. La Naissance de l'histoire (tome 1), *par François Châtelet*
323. La Naissance de l'histoire (tome 2), *par François Châtelet*
324. L'Art de bâtir les villes, *par Camillo Sitte*
325. L'Invention de la réalité
     sous la direction de Paul Watzlawick
326. Le Pacte autobiographique, *par Philippe Lejeune*
327. L'Imprescriptible, *par Vladimir Jankélévitch*
328. Libertés et Droits fondamentaux
     *sous la direction de Mireille Delmas-Marty
     et Claude Lucas de Leyssac*
329. Penser au Moyen Age, *par Alain de Libera*
330. Soi-Même comme un autre, *par Paul Ricœur*
331. Raisons pratiques, *par Pierre Bourdieu*

332. L'Écriture poétique chinoise, *par François Cheng*
333. Machiavel et la Fragilité du politique
par Paul Valadier
334. Code de déontologie médicale, *par Louis René*
335. Lumière, Commencement, Liberté
par Robert Misrahi
336. Les Miettes philosophiques, *par Søren Kierkegaard*
337. Des yeux pour entendre, *par Oliver Sacks*
338. De la liberté du chrétien *et* Préfaces à la Bible
par Martin Luther (bilingue)
339. L'Être et l'Essence
par Thomas d'Aquin et Dietrich de Freiberg (bilingue)
340. Les Deux États, *par Bertrand Badie*
341. Le Pouvoir et la Règle, *par Erhard Friedberg*
342. Introduction élémentaire au droit, *par Jean-Pierre Hue*
343. Science politique
1. La Démocratie, *par Philippe Braud*
344. Science politique
2. L'État, *par Philippe Braud*
345. Le Destin des immigrés, *par Emmanuel Todd*
346. La Psychologie sociale, *par Gustave-Nicolas Fischer*
347. La Métaphore vive, *par Paul Ricœur*
348. Les Trois Monothéismes, *par Daniel Sibony*
349. Éloge du quotidien. Essai sur la peinture
hollandaise du XVIIIe siècle, *par Tzvetan Todorov*
350. Le Temps du désir. Essai sur le corps et la parole
par Denis Vasse
351. La Recherche de la langue parfaite
dans la culture européenne
par Umberto Eco
352. Esquisses pyrrhoniennes, *par Pierre Pellegrin*
353. De l'ontologie, *par Jeremy Bentham*
354. Théorie de la justice, *par John Rawls*
355. De la naissance des dieux à la naissance du Christ
par Eugen Drewermann
356. L'Impérialisme, *par Hannah Arendt*
357. Entre-Deux, *par Daniel Sibony*
358. Paul Ricœur, *par Olivier Mongin*
359. La Nouvelle Question sociale, *par Pierre Rosanvallon*
360. Sur l'antisémitisme, *par Hannah Arendt*
361. La Crise de l'intelligence, *par Michel Crozier*
362. L'Urbanisme face aux villes anciennes
par Gustavo Giovannoni
363. Le Pardon, *collectif dirigé par Olivier Abel*
364. La Tolérance, *collectif dirigé par Claude Sahel*
365. Introduction à la sociologie politique
par Jean Baudouin

366. Séminaire, livre I : les écrits techniques de Freud
     par Jacques Lacan
367. Identité et Différence, *par John Locke*
368. Sur la nature ou sur l'étant, la langue de l'être ?
     par Parménide
369. Les Carrefours du labyrinthe, I
     par Cornelius Castoriadis
370. Les Règles de l'art, *par Pierre Bourdieu*
371. La Pragmatique aujourd'hui,
     une nouvelle science de la communication
     par Anne Reboul et Jacques Moeschler
372. La Poétique de Dostoïevski, *par Mikhaïl Bakhtine*
373. L'Amérique latine, *par Alain Rouquié*
374. La Fidélité, *collectif dirigé par Cécile Wajsbrot*
375. Le Courage, *collectif dirigé par Pierre Michel Klein*
376. Le Nouvel Âge des inégalités
     par Jean-Paul Fitoussi et Pierre Rosanvallon
377. Du texte à l'action, essais d'herméneutique II
     par Paul Ricœur
378. Madame du Deffand et son monde
     par Benedetta Craveri
379. Rompre les charmes, *par Serge Leclaire*
380. Éthique, *par Spinoza*
381. Introduction à une politique de l'homme,
     par Edgar Morin
382. Lectures 1. Autour du politique
     par Paul Ricœur
383. L'Institution imaginaire de la société
     par Cornelius Castoriadis
384. Essai d'autocritique et autres préfaces
     par Nietzsche
385. Le Capitalisme utopique, *par Pierre Rosanvallon*
386. Mimologiques, *par Gérard Genette*
387. La Jouissance de l'hystérique, *par Lucien Israël*
388. L'Histoire d'Homère à Augustin
     préfaces et textes d'historiens antiques
     réunis et commentés par François Hartog
389. Études sur le romantisme, *par Jean-Pierre Richard*
390. Le Respect, *collectif dirigé par Catherine Audard*
391. La Justice, *collectif dirigé par William Baranès*
     et Marie-Anne Frison Roche
392. L'Ombilic et la Voix, *par Denis Vasse*
393. La Théorie comme fiction, *par Maud Mannoni*
394. Don Quichotte ou le roman d'un Juif masqué
     par Ruth Reichelberg
395. Le Grain de la voix, *par Roland Barthes*
396. Critique et Vérité, *par Roland Barthes*

397. Nouveau Dictionnaire encyclopédique
des sciences du langage
par Oswald Ducrot et Jean-Marie Schaeffer
398. Encore, *par Jacques Lacan*
399. Domaines de l'homme, *par Cornelius Castoriadis*
400. La Force d'attraction, *par J.-B. Pontalis*
401. Lectures 2, *par Paul Ricœur*
402. Des différentes méthodes du traduire
par Friedrich D. E. Schleiermacher
403. Histoire de la philosophie au XXe siècle
par Christian Delacampagne
404. L'Harmonie des langues, *par Leibniz*
405. Esquisse d'une théorie de la pratique
par Pierre Bourdieu
406. Le XVIIe siècle des moralistes, *par Bérengère Parmentier*
407. Littérature et Engagement, de Pascal à Sartre
par Benoît Denis
408. Marx, une critique de la philosophie, *par Isabelle Garo*
409. Amour et Désespoir, *par Michel Terestchenko*
410. Les Pratiques de gestion des ressources humaines
par François Pichault et Jean Mizet
411. Précis de sémiotique générale, *par Jean-Marie Klinkenberg*
412. Écrits sur le personnalisme, *par Emmanuel Mounier*
413. Refaire la Renaissance, *par Emmanuel Mounier*
414. Droit constitutionnel, 2. Les démocraties
par Olivier Duhamel
415. Droit humanitaire, *par Mario Bettati*
416. La Violence et la Paix, *par Pierre Hassner*
417. Descartes, *par John Cottingham*
418. Kant, *par Ralph Walker*
419. Marx, *par Terry Eagleton*
420. Socrate, *par Anthony Gottlieb*
421. Platon, *par Bernard Williams*
422. Nietzsche, *par Ronald Hayman*
423. Les Cheveux du baron de Münchhausen
par Paul Watzlawick
424. Husserl et l'Énigme du monde, *par Emmanuel Housset*
425. Sur le caractère national des langues
par Wilhelm von Humboldt
426. La Cour pénale internationale, *par William Bourdon*
427. Justice et Démocratie, *par John Rawls*
428. Perversions, *par Daniel Sibony*
429. La passion d'être un autre, *par Pierre Legendre*
430. Entre mythe et politique, *par Jean-Pierre Vernant*
431. Entre dire et faire, *par Daniel Sibony*
432. Heidegger. Introduction à une lecture, *par Christian Dubois*
433. Essai de poétique médiévale, *par Paul Zumthor*

434. Les Romanciers du réel, par *Jacques Dubois*
435. Locke, par *Michael Ayers*
436. Voltaire, par *John Gray*
437. Wittgenstein, par *P.M.S. Hacker*
438. Hegel, par *Raymond Plant*
439. Hume, par *Anthony Quinton*
440. Spinoza, par *Roger Scruton*
441. Le Monde morcelé, par *Cornelius Castoriadis*
442. Le Totalitarisme, par *Enzo Traverso*
443. Le Séminaire Livre II, par *Jacques Lacan*
444. Le Racisme, une haine identitaire
    par Daniel Sibony
445. Qu'est-ce que la politique ?, par *Hannah Arendt*
446. La Métaphore baroque, d'Aristote à Tesauro
    par Yves Hersant
447. Foi et savoir, par *Jacques Derrida*
448. Anthropologie de la communication, par *Yves Winkin*
449. Questions de littérature générale, par *Emmanuel Fraisse et Bernard Mouralis*
450. Les Théories du pacte social, par *Jean Terrel*
451. Machiavel, par *Quentin Skinner*
452. Si tu m'aimes, ne m'aime pas, par *Mony Elkaïm*
453. C'est pour cela qu'on aime les libellules
    par Marc-Alain Ouaknin
454. Le Démon de la théorie, par *Antoine Compagnon*
455. L'Économie contre la société
    par Bernard Perret, Guy Roustang
456. Entretiens Francis Ponge Philippe Sollers
    par Philippe Sollers - Francis Ponge
457. Théorie de la littérature, par *Tzvetan Todorov*
458. Gens de la Tamise, par *Christine Jordis*
459. Essais sur le Politique, par *Claude Lefort*
460. Événements III, par *Daniel Sibony*
461. Langage et Pouvoir symbolique, par *Pierre Bourdieu*
462. Le Théâtre romantique, par *Florence Naugrette*
463. Introduction à l'anthropologie structurale
    par Robert Deliège
464. L'Intermédiaire, par *Philippe Sollers*
465. L'Espace vide, par *Peter Brook*
466. Étude sur Descartes, par *Jean-Marie Beyssade*
467. Poétique de l'ironie, par *Pierre Schoentjes*
468. Histoire et Vérité, par *Paul Ricoeur*
469. Une charte pour l'Europe
    Introduite et commentée par Guy Braibant
470. La Métaphore baroque, d'Aristote à Tesauro
    par Yves Hersant
471. Kant, par *Ralph Walker*